トロール・フェル

上

金のゴブレットのゆくえ

キャサリン・ラングリッシュ 作

金原瑞人&杉田七重 訳

あかね書房

造本意匠　海野幸裕＋宮本 香

登場人物

ペール　父親を亡《な》くして叔父《おじ》たちにひきとられた少年。

バルドルとグリム　ペールの双子《ふたご》の叔父《おじ》。トロールズビークの水車小屋の主《あるじ》。

ヒルデ　トロールズビークの村のてっぺんに住む娘《むすめ》。

シグルドとシグリド　ヒルデの幼《おさな》い双子《ふたご》のきょうだい。

ラルフ　ヒルデの父親。農夫だが、家族の反対をおしきってバイキング船で船出。

ニース　バルドルの家に住みついている小さな妖精《ようせい》。

トロール・フェル　上……目次

目次

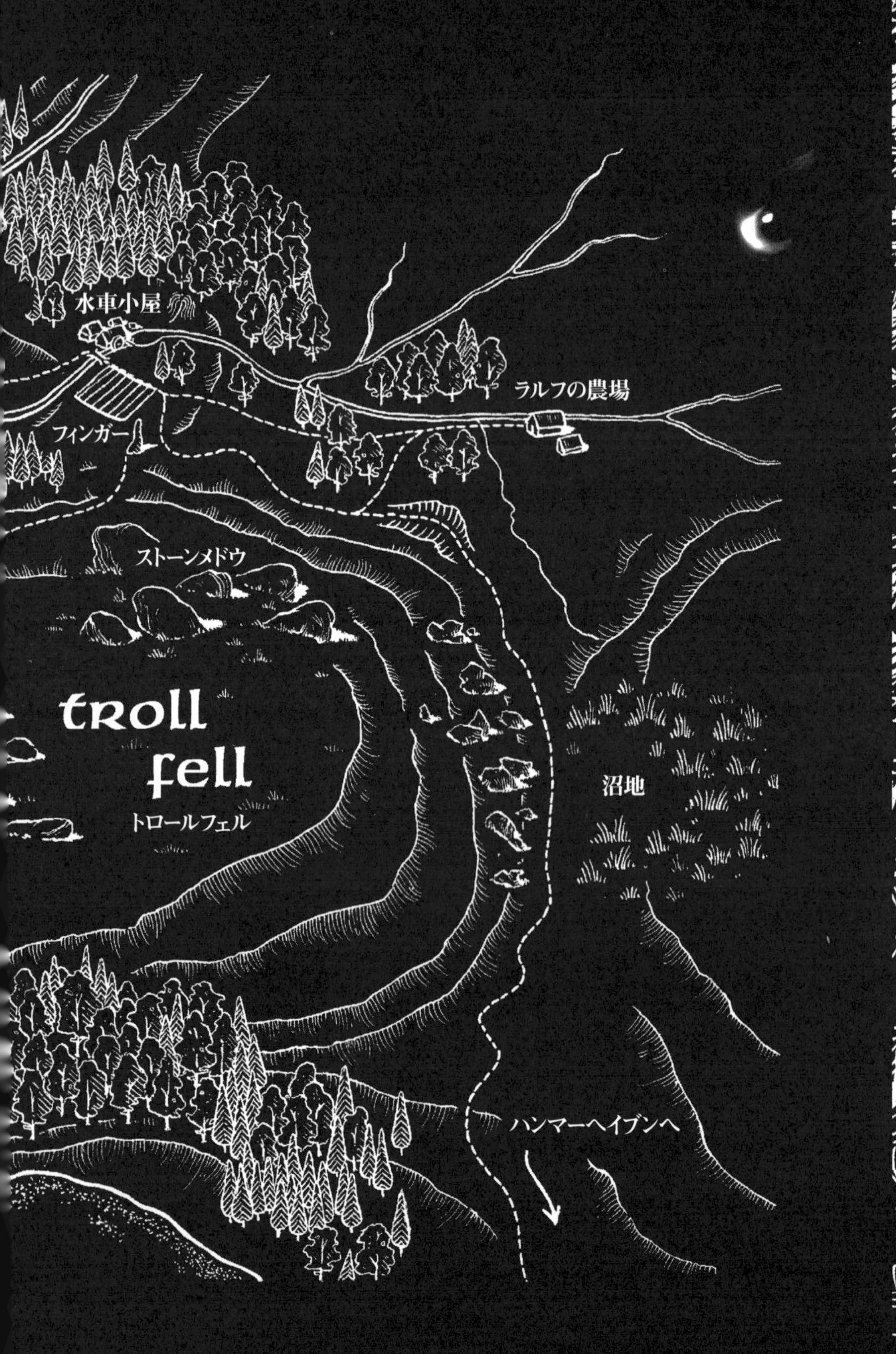
水車小屋
ラルフの農場
フィンガー
ストーンメドウ
troll
fell
トロールフェル
沼地
ハンマーヘイブンへ

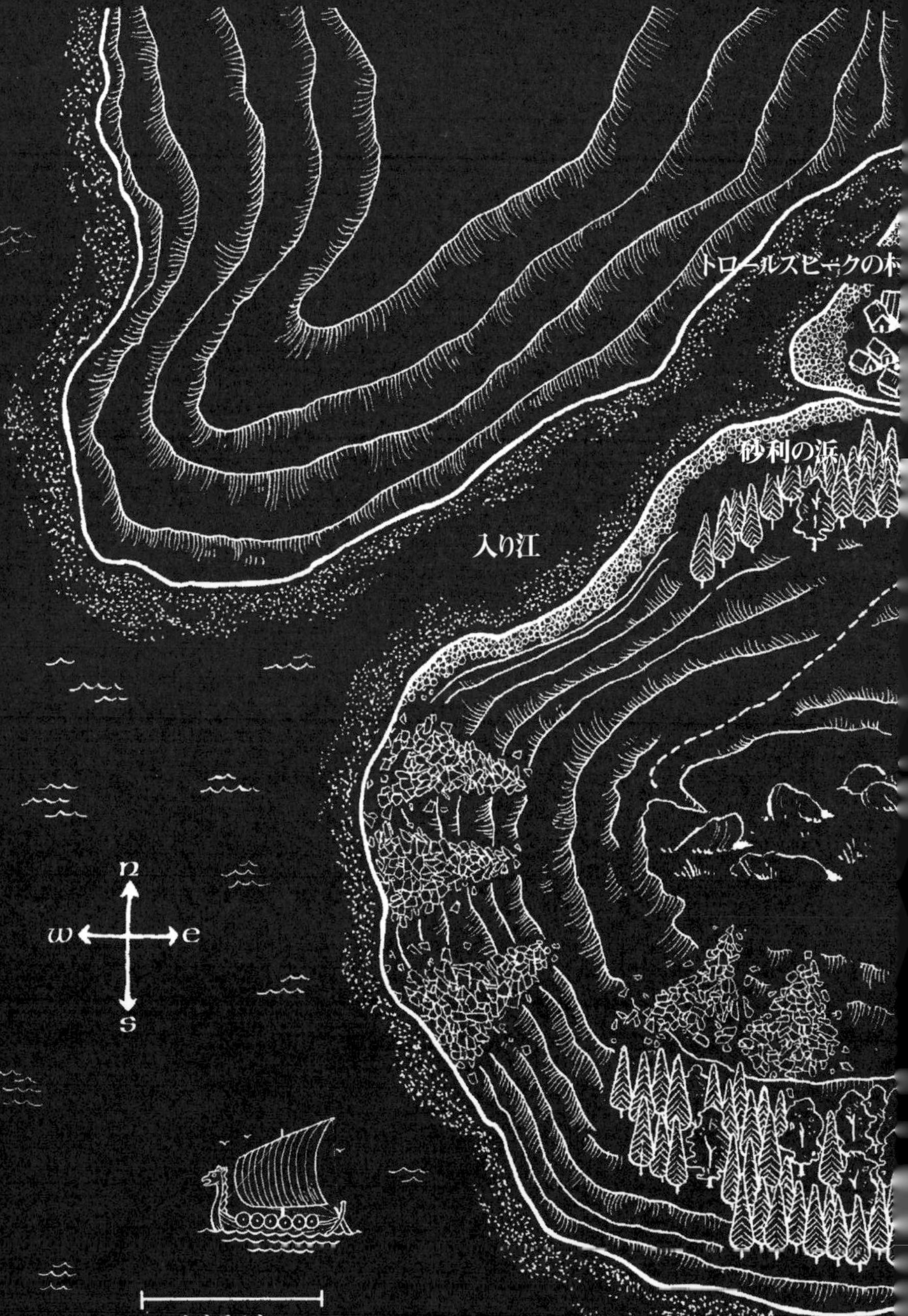
トロールスビークの村
砂利の浜
入り江
n
w
e
s
およそ1キロ

第一章

バルドル叔父《おじ》がやってきた

ペール・ウルフソンは、父を火葬《かそう》する積《つ》み薪《まき》の前に立っていた。何ともやりきれない気持ちだった。舞《ま》いあがる火《ひ》の粉《こ》が、無数の精霊《せいれい》のようにきらめきながら、闇《やみ》のなかに逃《に》げていく。

まぶしい炎《ほのお》を見つめているとくらくらしてくる。でも目をそらしちゃいけない。父さんの葬儀《そうぎ》を最後まで見とどけるんだ。炎《ほのお》は飢《う》えた怪物《モンスター》のように、あらゆるものを飲みこんでいく。乾《かわ》いた木の枝《えだ》をかみくだき、つばを飛ばして若《わか》い枝《えだ》をむさぼる。マツ材の切《き》れ端《はし》からしたたる脂《あぶら》も、ひとつ残らずなめとっていった。

火の熱が顔をうつ。服がじりじりと熱くなり、頬《ほお》の涙《なみだ》も乾《かわ》いてしまった。それなのに背《せ》中《なか》は凍《こお》りつきそうにぞくぞくし、うなじには狂暴《きょうぼう》な風が吹《ふ》きつけていた。

の？

——父さん！　こんなのってないよ。つらい。——いったい、どこへ行ってしまった

そこでふいに、これは悪い夢《ゆめ》だと気づいた。ふりかえれば、きっとそこに父さんがいる。すぐそばに立っていて、ぼくをぎゅっと抱《だ》きしめて安心させてくれるにちがいない。そうだ、ふりかえるんだ！

ペールはぎごちなく、ゆっくりうしろをふりかえった。そこに父さんの、日に焼けた、やせこけた顔があるのを期待して。やさしい笑いと、きょうまで生きてきた年月が深いしわになってくっきり刻《きざ》まれた顔。

不吉《ふきつ》な風が吹《ふ》いてきて、ペールの目から涙《なみだ》をはぎとった。見えてきたのは、砂利《じゃり》の海岸。急斜面《きゅうしゃめん》の海岸には人影《ひとかげ》はさっぱりなく、そのむこうには海が広がっているだけだ。

小さな体が足にぶつかってきた。手をのばすと、ロキだった。飼《か》い犬《いぬ》のロキが体をすりつけてきたのだ。ぼさぼさの毛にノミのたかった茶色の雑種犬《ざっしゅけん》——それがペールに残された最後の家族だった。

友人や近所の人たちが、積《つ》み薪《まき》のまわりに肩《かた》をよせて集まり、しんぼう強く火を見守りながら、終わりを待っている。どの顔も光と影《かげ》にゆがみ、炎《ほのお》に照らされて浮《う》かびあがる白い息は、まるでドラゴンのはく煙《けむり》だ。みな手に息を吹《ふ》きかけ、服のえりをたて、刺《さ》すよう

な風から身を守っていた。

薪《まき》の炎《ほのお》が海岸に投げる影《かげ》が大きくなったり、小さくなったりしている。すぐそばの男の頭より大きな石は黒く焦《こ》げてひび割《わ》れていた。白くなった薪《まき》の層《そう》の奥《おく》に、父さんの体が横たわり、火にまかれているのだ。

炎《ほのお》の上で夜気《やき》がふるえ、むこう側にいる人たちの姿《すがた》が大きくゆがんで見えた。まるで幽霊《ゆうれい》やモンスターの住む世界をマジックガラス越《ご》しにのぞいているようだった。たぶん父さんの魂《たましい》もそこを通りぬけ、死者の国にむかって長い旅に出ていくのだろう。——だけど、もしも帰ってきたら？　ぼくのところへもどってきたら？

夜気《やき》のなかで、ふいに煙《けむり》がほどけていく。まるで、やりかけた仕草《しぐさ》を途中《とちゅう》でやめるみたいに——そして、青白い顔が現《あらわ》れた。こっちを見ている。あれが父さん？　あのゆれている腕《うで》が？

ペールは息をつまらせた。炎《ほのお》のむこうにぼんやり見えていた影《かげ》に、いきなり命が吹《ふ》きこまれたように見える。そんなばかな！　パニックにおそわれ、あたりにさっと目を走らせた。——みんなには、あれが見えないのか？

命をもった影《かげ》はずんずん近づき、男の姿《すがた》になって、みんなの背後《はいご》にぬっとそびえたった。それでも気づかない。まだだれも。

ペールはのどの奥《おく》から声をしぼりだした。

「あれは、何？」

大男が大またで火明かりのなかに入ってきた。真《ま》っ黒《くろ》な積《つ》み藁《わら》に太い腕《うで》をくっつけたように見える。男は炎《ほのお》に照らされた赤い顔をしかめ、ひじで乱暴《らんぼう》にかきわけながら人垣《ひとがき》のなかに割《わ》って入った。みんながいっせいに散っていき、そこここで、おどろきの声が小さくあがった。

見知らぬ男はずかずかと歩いてきて、積《つ》み薪《まき》のすぐ前まで来るとむきを変えた。うず高く積もった灰《はい》のなかに、長靴《ながぐつ》の足をぞんざいにつっこんでいる。みんなは、炎《ほのお》を背《せ》にして立つ巨人《きょじん》をにらみながら、いごこち悪そうにだまりこくっている。目が、何をしに来た？といっている。

男の口から、かん高い、ひび割《わ》れた声が、呼《よ》び子《こ》のようにひびいた。

「子どもを連れに来た。ウルフの息子《むすこ》はどいつだ？」

だれもこたえない。体をぞくっとふるわせるばかりだ。ペールの近くにいた男たちが、そっと近づいていって、少年を囲んだ。大男はそれに気づき、ゆっくりふりむくと、頭を持ちあげてそちらを見た。まるでオオカミが獲物《えもの》のにおいをかぎだそうとしているようだった。ペールは息をするのを忘《わす》れた。男と目があうと、体がちぢみあがった。黒光りする小さな錐《きり》のような目。するどいそれで頭の奥《おく》までつらぬかれる気がした。

男は満足げにうなると、ペールに迫《せま》ってきた。ペールは上から山が崩《くず》れてくるような恐怖《きょうふ》をおぼえた。いきなり大きな指に腕《うで》をつかまれ、群集《ぐんしゅう》からひきずりだされた。頭の上で、かん高い声がつっけんどんにいう。

「おれはおまえの叔父《おじ》、バルドル・グリムソンだ。きょうからおれがおまえのめんどうをみる！」

「ぼくには、叔父《おじ》なんていない！」

ペールがびっくりしていった。

大男は少年の言葉を無視《むし》し、その腕《うで》をつかんで、ねじりあげた。ペールが痛《いた》みにうめき声をあげると、ロキがうなりはじめた。

「同じことを二度いわせるな！」

男がおどすようにいった。

「おれはおまえの叔父《おじ》、バルドドル。トロールズビークの粉《こな》ひきだ。さあ来い！」

男はみんなにむかっていった。

「おまえたちだって知ってるはずだ。こいつに教えてやれ。この腕《うで》がもげる前にな！」

「ああ、ちょっと待ってくれ――」

船造《ふなづく》り職人《しょくにん》のブランドが、ためらいがちに、両手をこすりながら前へ進みでた。そんなブランドの顔を、ペールは信じられない気持ちで見守った。ブランドはこまったように両腕《りょううで》を広げた。

「ペール――前に一度、おまえのお父さんからきいたことがあるんだ。つまりその――」

ブランドの妻《つま》イングリッドが夫《おっと》より前に進みでて、男をにらみつけた。

「その子を放しなさい、この人《ひと》でなし！　よくもここに顔が出せたもんだね。あのウルフは、あんたとは何のかかわりもない。だれでも知ってるよ！」

「この人がぼくの叔父《おじ》さん？」

ペールが小声でいい、首をひねって男を見あげた。まるで暗い崖《がけ》を見あげるようだった。ごつごつした胸《むね》もそれに続く太い首も岩のようにてらてら光り、真《ま》っ黒《くろ》なあごひげは、ミヤマガラスの巣《す》のようだ。岩棚《いわだな》のような顔の大きく盛《も》りあがった部分は、ごわごわした黒いまゆが縁《ふち》どっている。そしててっぺんには、黒いもじゃもじゃの髪《かみ》の毛《け》。

ペールの足にくっついているロキの体が緊張《きんちょう》し、ふるえながらうなり声をあげた。いまにもかみつきそうだ。バルドルもそれがわかって、もしかみついてきたら殺してやるという顔をした。

「ロキ！」

ペールはこわくなり、するどい声でしかった。

「静かにするんだ！」

ロキがおとなしくなった。バルドルはペールの腕《うで》を放し、ぼさぼさの頭をかがめて犬を見た。

「こいつは、何だ？」

あざけるようにいった。

「ぼくの犬、ロキだよ」

ペールが痛《いた》む腕《うで》をこすりながら、いどむようにいった。

「これが、犬だと？　けっ、おれの飼《か》ってる本物の犬に会わせてやろう。すぐ食われちまうだろうがな！」

バルドルは頭をのけぞらせて、するどい笑い声をあげた。ペールはにらみつけた。ブランドが少年を守るように、肩《かた》に腕《うで》をまわした。

「連れていかせはしない。この子はみんなでめんどうをみていく！」

「みんなでだと？　おまえは何者だ？」

バルドルがはきすてるようにいった。

「ハンマーへイブンで船を作っている、職人《しょくにん》の親方《おやかた》だよ！」

イングリッドが腕組《うでぐ》みをしながら、怒《おこ》った声でいった。

「ペールの父親は、このあたりじゃいちばんの職人《しょくにん》だったのさ！」

「ろくでなしのなかじゃあ、いちばんましだったってわけか？　作った樽《たる》は水もれしなかったか？」

ブランドがバルドルをにらみつけた。

「ウルフは、そりゃあいい仕事をした。いいかげんなところなぞ、これっぽっちもなかった！」

「これっぽっちもだと？　だが、のみで自分の体をけずっちまったって話じゃないか。その傷《きず》が悪くなって死んだんだろうが！」

バルドルがあざけった。

ペールの心臓《しんぞう》がハンマーのように胸《むね》をがんがんたたいた。思わず体が前に飛びだした。

「父さんのことをそんなふうにいうな！　父さんがどんなに腕《うで》のいい職人《しょくにん》だったか、あれを見ればわかる！」

そういってバルドルの肩越《かたご》しに指をさした。

人々の頭を越《こ》えた先に、猛々《たけだけ》しいドラゴンが憤然《ふんぜん》と首を持ちあげていた。できあがったばかりのバイキング船の船首だった。みんなはさっとわきにどいて、道をあけた。なだらかな砂浜《すなはま》の台の上に置かれたドラゴンの首。それがいま、バルドルをまっすぐ見つめ、威《い》嚇《かく》するような目でにらんでいる。背後《はいご》に従《したが》えた真《ま》っ黒《くろ》な海は、まるでドラゴンの援軍《えんぐん》でもあるかのように、海岸に勢《いきお》いよく押《お》しよせては、砂利《じゃり》をはげしくかきたてている。

バルドルが一瞬《いっしゅん》のけぞってバランスを崩《くず》した。それからうつむいて、こぶしをにぎり、肩《かた》をすくめてみせた。

「ドラゴンの船か！　こりゃ、いいおもちゃだ！」

船首に背《せ》をむけていった。みんなが小さく怒《いか》りの声をあげたが、バルドルは無視《むし》してペールの腕《うで》をもう一度つかんだ。

「さあ、もう帰るぞ。こっちはいそがしいんだ。なにせ水車小屋の粉《こな》ひきだからな。むだにする時間なんてない！」

バンッという音がして、積《つ》み薪《まき》の真《ま》ん中《なか》にあった木が大きくはぜた。飛びちる火の粉《こ》を避《さ》けて、みんなはうしろにさがる。薪《まき》の山ぜんたいが崩《くず》れてから、ふたたび落ちつくと、ブランドがバルドルの前に立ちはだかった。

「まだ父親の葬儀《そうぎ》は終わってないんだぞ！」

ブランドが声を張《は》りあげた。

「葬儀《そうぎ》だと？　おれはまた、豚《ぶた》でもあぶってるのかと思ったぜ！」

バルドルは声をあげて笑ってみせた。ペールは胸《むね》がむかむかして、叔父《おじ》から腕《うで》をふりほどいた。だれもが怒《おこ》ってバルドルにつめよる。

「許《ゆる》せない！」

大勢《おおぜい》に迫《せま》られると、バルドルはいごこち悪そうに体をゆらして、目をきょろきょろさせた。

「冗談《じょうだん》だ、わかるだろう？」

「ふざけるな！」

ブランドがぴしゃりといった。

バルドルはフンと鼻を鳴らした。するどく光る黒い目でみんなの顔色をうかがってから、おもむろに口を開いた。

「わかった。おれはあと二、三日ここにいる。いろいろ処分《しょぶん》するものがあるからな。そうだろう？」

バルドルはブランドのほうへぐいっと顔をむけて、ペールにするどい声できいた。

「父親の最後の給金《きゅうきん》は払《はら》ってもらったか？」

「そっ、そんなの、決まってるじゃないか！」

怒《いか》りのせいで舌《した》がもつれた。

「ブランドおじさんにはすごく世話《せわ》になってる。葬儀《そうぎ》も含《ふく》めてぜんぶ手伝ってもらって、みんな片《かた》づいてるんだ」

「何だ貸《か》しはないのか？」

バルドルはまゆをひそめ、がっかりした声でいった。

「いいさ、おれがさがしてやる。おまえの親父《おやじ》はとんまだったが、このおれの目はごまかせないからな」

バルドルの背後《はいご》で、葬儀《そうぎ》の積《つ》み薪《まき》が崩《くず》れて、灰《はい》の山になった。最後の火花がため息のようにもれたかと思うと、あとはそれきりになった。

豚《ぶた》がトリュフを掘《ほ》りだすのと同じぐらい熱心に、バルドルはペールの家財《かざい》をひとつ残らず売りさばいていった。丸いす、鍋《なべ》、毛布《もうふ》から、ウルフの大事にしていた木槌《きづち》とよく研《と》いだのみまで——どんなものであろうと、一ペニーでも高く売りつけようとした。最初は近所の人たちも、ペールのためを思って、いい値《ね》で買いとってやった。しかしその金がどこにおさまるのか、やがて村人たちにもわかってきた。

ブランドは思いきって、集まった金をどうするのかときいてみた。バルドルは相手の顔を冷ややかな目で見ながら、ポケットのなかで銀貨や銅貨《どうか》をじゃらじゃらいわせた。

「おれのもんさ。ウルフに貸《か》してた金だ」

「うそだ！」

ペールが怒《おこ》っていった。

「なら、証拠《しょうこ》を見せてみろ！」

バルドルが鼻でせせら笑った。

「おやっ、その指輪はどうした？　銀か？　子どもが指輪なんてするもんじゃない。こっちによこしな！」

「いやだ！　これは父さんの形見《かたみ》なんだ！」

ペールは手を背中《せなか》に隠《かく》してあとずさりした。バルドルは少年の肩《かた》をつかんで、指を無理やり開かせた。指輪をもぎとると、毛深い指に通そうとする。が、きつくて入らない。歯でかんで材質をたしかめる。

「こりゃ、銀だな」

うなずいて、指輪をポケットにしまった。

イングリッドが、ふくよかな体でペールをやさしく抱《だ》きしめ、母親のように励《はげ》ました。

「さあ、元気を出すんだよ」

耳もとで甘《あま》くささやきながら、ペールの手にハチミツ入りのお菓子《かし》をにぎらせた。ペールはその手を下におろして、テーブルの下で腹《はら》をすかせていたロキにやった。

「イングリッドおばさん」

ペールはしょげかえってきいた。

「あんな太ったけだものみたいなやつが、どうしてぼくの叔父《おじ》さんなの？」

イングリッドのぽっちゃりした顔に心配そうなしわがよった。いすの上にどっしり腰《こし》をおろすと、テーブル越《ご》しにペールの手をぽんぽんとたたいてやった。

「悲しい話があるんだよ、ペール。お父さんは、あんたに絶対《ぜったい》きかせたくないっていってたけどね。ウルフはまだ小さな頃《ころ》にじつの父親を亡《な》くしたんだ。それから母親のほうは、トロール山のむこう側の、トロールズビークで粉《こな》ひきの男と再婚《さいこん》した。かわいそうに、彼《かの》女《じょ》はそれから死ぬまで後悔《こうかい》していたよ。その粉《こな》ひきというのが、血も涙《なみだ》もない、残酷《ざんこく》なやつだったからね」

顔に血がのぼってきて、ペールはこぶしをにぎった。

「父さんは、その父親になぐられたの？」

「いや、それがね」

イングリッドは慎重《しんちょう》に言葉を選んだ。

「ウルフは、お母さんがなぐられるのがたえられなかったんだよ。それで家を飛びだして、二度と帰らなかったらしい。その間にお母さんのほうは、さらにふたり男の子を産んだ。その一方《いっぽう》がバルドルだよ。あいつはあんたのお父さんの腹《はら》ちがいの兄弟になるわけさ。でもあたしの知るかぎり、ウルフはふたりと一度だって会ってないと思うよ」

イングリッドは立ちあがると、いそがしく立ちはたらきはじめた。炉端《ろばた》から木鉢《きばち》をとってきて、温めた小麦粉《こむぎこ》に、発酵《はっこう》して泡《あわ》だっているイースト菌《きん》を流しこむ。

「だけどもう、そんな父親も母親も死んでしまった。だからもうつらいことは何にもないんだよ！　それに叔父《おじ》さんたちが結婚《けっこん》しなければ、水車はいつかあんたのものになる！　そりゃあ、バルドルは口は悪いし、あんたの父さんとは似《に》ても似《に》つかない。だけど、ほら、血は水よりも濃《こ》いっていうじゃないか。あんたのためにわざわざここまでやってきたんだ。きっとしっかりめんどうみてくれると思うよ。こんないい子なんだからね」

「あんなやつといっしょに暮《く》らすなんて！」

ペールはぞっとした。

「水車小屋だっていやだ。トロール山なんかに行って、何をしろっていうの？　友だちだってひとりもいないんだよ」

「きっとすぐになれるよ」

イングリッドが励《はげ》ますようにいった。

「トロール山っていうのは、物寂《ものさび》しい殺風景《さっぷうけい》なところらしいし、おかしないい伝えもいろいろきくけど――でも、あんたの叔父《おじ》さんは、そこに水車小屋を持ってるんだよ！　きっといい暮《く》らしができるにちがいない」

ペールはしばらくだまってからいった。

「イングリッドおばさん？」

そこでせき払《ばら》いをする。

「あの、もしかして――ぼく、おばさんのところで暮《く》らせないかな？」

「ああ、それができたらどんなにいいかしれないよ！」

イングリッドが大きな声をあげた。

「あたしたちだって考えたんだよ。でも無理なんだ。叔父《おじ》さんには、あんたのめんどうをみる権利《けんり》がある。でもあたしたちにはないんだよ」

「そうだよね」

ペールが苦々しげにいった。

「ぼくにだって、わかってる」

イングリッドの顔が、かっと熱くなった。

「あんたのために、これがいちばんいいって考えたんだよ」

そういって肩《かた》に腕《うで》をまわしてやろうとしたが、ペールの肩《かた》は小さく丸まってしまった。

「そうそう、忘《わす》れてた」

イングリッドはパン作りの仕事にもどりながらいった。

「あんたにはバルドルのほかに、もうひとり叔父《おじ》さんがいるんだ。その水車小屋にね。だから、希望を捨《す》てないで、がんばってみるんだよ。父さんだってきっとそれを望んでる。ねっ？」

「そうだね」

ペールは目をつぶって父さんの顔を思いうかべた。船材のオーク板の裏表《うらおもて》をひっくり返してみながら、よくこんなことをいっていた。

「与《あた》えられた木のいちばんいいところを生かしてやらないとな。人生とおんなじだよ、ペール！」

何だか父さんの服にまとわりついていた、甘《あま》いおがくずのにおいまでしてきそうな気がした。

「だけど、ロキのことが心配だな」

ペールは練りあがった粉《こな》を指でこねて、はしっこをちょっとちぎりとった。くるくる丸めて玉にすると、指ではじいて飛ばした。

「バルドル叔父《おじ》さんの犬が、ロキを食べちゃうっていうんだ。だいたいぼくの犬を飼《か》わせてもらえるかどうかだって、わかんないけど」

「ばかなことをいいなさんな！」

イングリッドがすかさずいった。

「ロキなら、叔父《おじ》さんとこの犬とすぐ仲良《なかよ》くなるよ。そうよね、ロキ？」

ロキがそれにこたえるように、しっぽで床《ゆか》をトントンたたいた。

牛車《ぎゅうしゃ》が外でとまった。ロキが立ちあがって吠《ほ》えた。扉《とびら》が勢《いきお》いよく開いて、部屋のなかが暗くなったかと思うと、バルドルが頭と肩《かた》をかがめて戸口から入ってきた。

「おい！　中庭のニワトリはおまえのか？　だったらそれも持っていく。つかまえて牛車に乗せろ。もう帰るから、急げ！」

ペールが外へ出ていくと、ロキもあとをついてきた。部屋のなかから、いがみあう声がきこえてくる。ニワトリをぶんどる気だったんだろうと、バルドルがイングリッドに、いいがかりをつけているのだ。

ペールはニワトリのあとをそっとつけていったが、まだらの太ったメンドリは、おびえてかん高い声で鳴きながら逃《に》げいく。そこへロキも加わって、メンドリたちにむかっていった。興奮《こうふん》した声で吠《ほ》えまくるロキに、メンドリたちは羽根《はね》を飛びちらせながら、必死《ひっし》に逃《に》げまわり、狂《くる》ったように鳴きたてた。

「だめだよ、ロキ。やめるんだ！」

ペールが大声でしかっても、ロキはすっかり興奮《こうふん》して、ニワトリの尾羽《おばね》を口いっぱいに頰張《ほおば》りながら、庭じゅうを駆《か》けまわっている。

家の扉《とびら》がバタンと開いて、壁《かべ》にぶつかった。バルドルがなかから飛びだしてきて、身をかがめたかと思うと、扉《とびら》の重いあおり止めを持ちあげて、ロキに投げつけた。ロキはふいに倒《たお》れ、わき腹《ばら》をなめながら、クンクン鳴いた。

「もう少しで死んじゃうところだったじゃないか！」

ペールが叫《さけ》ぶと、バルドルがこっちをむいた。

「またおれのニワトリを追いかけるようなことがあったら、ほんとうに殺してやる」

荒《あら》い息をつきながら、残忍《ざんにん》な声でいった。

「ぜんぶつかまえたら、これでくれ」

バルドルはペールにひとかせの麻《あさ》ひもを投げてきた。

「さっさとやれ！」

メンドリたちは疲《つか》れきった体をよせあって一カ所に固まった。ペールはそれをつかまえて、麻《あさ》ひもで足を結《ゆ》わえつけた。

「ごめんよ！」

小さな声であやまりながら、二羽ずつ牛車に乗せていった。割《わ》れた底板の上に横たえられたメンドリたちは、クルックルッと弱々しい鳴き声をあげた。バルドルはニワトリをぜんぶ積んだのを見ると、今度はいやがるロキの首に縄《なわ》をつけて牛車までひきずってきた。

「こいつを車のうしろにしばれ。いっしょに走らせてやる」

バルドルはにやっとして続けた。

「だが道のりは長いぞ。ついてこられるかな」

ロキはあわれっぽく片足《かたあし》をひきずってみせた。ペールがおずおずきいた。

「牛車に乗せられないの？　ほら、足をひきずって……」

まばたきひとつしないバルドルのまなざしにたじろいで、ペールは途中《とちゅう》で言葉をのみこんだ。そして情《なさ》けないことに、いわれたとおりにして、自分も牛車に乗った。あとは出発するだけだ。

イングリッドが見送りに出てきた。エプロンで手をふき、それで目もぬぐった。

「まったくかわいそうな子だよ！　いきなり出発なんて！　うちの人は船大工の仕事場にいるからお別れもいえない。あとで知ったらどんなに悲しむことか、やりきれないったらないよ。またすぐ会いにおいで、ペール。きっとだよ！」

「もし、できたらね」

ペールは暗い顔で約束した。牛車がかたむいて、きしんだ。バルドルが乗ってきたのだ。

ポケットから新たに麻《あさ》ひもをひっぱりだすと、片方《かたほう》の端《はし》を牛車の手すりに結《ゆ》わえつけた。

それからもう一方《いっぽう》の端《はし》で、あたりまえのように少年の手首を結《ゆ》わく。ペールはびっくりして口がぽかんと開いてしまった。抵抗《ていこう》しようと腕《うで》をひっぱったが、バルドルに耳をはたかれた。

「ちょっと、それは何のつもりだい？」

イングリッドが金《かな》切《き》り声《ごえ》をあげながら、あわてて走ってきた。

「ひもをほどきなさい、この野蛮人《やばんじん》！」

バルドルはイングリッドのほうをむいて、少しばかりおどろいた顔をした。

「家畜《かちく》をひもで結んで、何が悪い。ニワトリだろうと子どもだろうと、逃《に》げられたらこまるだろうが」

イングリッドは口をあんぐりと開けて――また閉《と》じた。ペールの顔を見て首を横にふる。

ペールも見返して、目で訴《うった》えた。

〈ほらね？〉

「さあ、急げ！」

バルドルが御者台《ぎょしゃだい》にのぼって、雄牛《おうし》に鞭《むち》をあてた。牛車が大きくゆれる。ペールは思いつめたように、前方をじっと見た。イングリッドに、さよならはいわなかった。間《ま》もなくハンマーヘイブンの町並《まちな》みは消えた。曲がりくねって急なでこぼこ道を行き、石がごろごろしている沼地《ぬまち》に入っていく。あちこちに見える白い岩や黒い泥炭《でいたん》の水たまりを迂回《うかい》していくと、道の両側にカバとトウヒの低い木立《こだち》が現《あらわ》れ、ぼさぼさのギョリュウモドキとコケモモの茂《しげ》みも見えてきた。コケモモを口に頬張《ほおば》ろうとする雄牛《おうし》たちを、バルドルの鞭《むち》がぴしゃりとうつ。

「はい！　どうどう！」

牛車が船の甲板《かんぱん》のようにかたむいた。大きな石の上に乗りあげ、乗りこえると、ものすごい衝撃《しょうげき》がきた。ペールの背骨《せぼね》から頭蓋骨《ずがいこつ》まで、するどい痛《いた》みが走った。雄牛《おうし》は鼻息を荒《あら》くし、急な坂を懸命《けんめい》にのぼる。牛車ばかりか、太ったバルドルの体の重みまでひきうけているのだから大変だ。

「叔父《おじ》さん、ぼくは歩いていこうか？」

ペールが提案《ていあん》した。

バルドルは無視《むし》した。ペールは叔父《おじ》にきこえないように悪態《あくたい》をつき、積みかさなった袋《ふくろ》の上にいごこち悪そうに腰《こし》をおろした。ひもで牛車の手すりにつながっている腕《うで》が、おかしな角度で上にひっぱられて痛《いた》かった。ニワトリたちも牛車がゆれるたびに、底板の上であっちへずれ、こっちへずれしながら、羽根《はね》をばたばたさせている。数を数えてみると、まちがいなくぜんぶいた――赤いとさかの目だつ黒くて小さなやつ、まだらの羽根《はね》の三姉妹《しまい》、体の大きい茶色のやつが五羽。みんながみんな、赤い縁《ふち》どりのついた目をぐるぐるまわし、ペールのほうを見ては、悲鳴をあげている。

「ぼくのせいじゃないからね」

ペールは悲しい声でいった。

牛車のうしろのほうに目をやると、ロキが見えた。頭としっぽをたれて、早足《はやあし》で駆《か》けてくる。みじめな感じだが、足はひきずっていない――あれは演技《えんぎ》だったんだ。

道のカーブをまわったところで、ペールはひざ立ちになって、まじまじと前方を見た。バルドルの太った肩《かた》もちっぽけに見えるほどの大きな山が、空にむかってどこまでもせりあがっている。盛《も》りあがったところ、へこんだところ、波模様《なみもよう》やひだ模様《もよう》の斜面《しゃめん》、ごつごつ石の飛びだした険《けわ》しい斜面《しゃめん》。陰気《いんき》な尾根《おね》を木々が点々とおおい、土砂崩《どしゃくず》れのあともある。これがトロール山だった。轍《わだち》のついた細い道が苦しげにはいのぼっているのが見えるが、それもまた、途中《とちゅう》でいきなり途絶《とだ》えている。

ペールは頭をぐっとのけぞらせてみた。ずっと上に頂上《ちょうじょう》が見えるはずだ。すると見る見るうちに雲がおりてきて、トロール山の頂上《ちょうじょう》は霧《きり》に包まれてしまった。

あたりが暗くなってきた。冷たい霧雨《きりさめ》で服が濡《ぬ》れるので、ペールは麻袋《あさぶくろ》をひきずりだして、肩《かた》に巻《ま》いた。バルドルのほうは分厚《ぶあつ》いマントについているフードをかぶった。

霧雨《きりさめ》のなか、道の両側から、巨大《きょだい》な岩がふたつ、ぬっと現《あらわ》れた。どちらも、牛車の底で不安に小さくなっているペールを、にらんでいるようだった。片方《かたほう》は、巨人《きょじん》の頭のようで、えぐられたような浅い目と、あざ笑うような口がついている。もう一方《いっぽう》は、つんと空のほうをむいた馬の鼻面《はなづら》のようだ。その下から、何かがひょいっと飛びでてきた。牛車がそばを通ると、それがものすごい勢《いきお》いで山の斜面《しゃめん》を駆《か》けていった。ペールがびっくりして立ちあがったときには、すでにもうその姿《すがた》はなかった。何だったんだろう？　野ウサギにしてはずいぶん大きいし――それに何だか「ひじ」みたいなものが見えたような……。

霧《きり》に隠《かく》れたトロール山の山頂《さんちょう》が、不気味《ぶきみ》なくすくす笑いを始めたかのように、雷《かみなり》が鳴りだした。風がうなりをあげて岩の間を吹《ふ》きぬける。牛車の大きな木の車輪から、どろがはげしくはねあがった。ペールはあごの下で麻袋《あさぶくろ》の両端《りょうはし》をぎゅっとおさえながら、車にゆられ、風にふるえていた。

牛車のかたむきで、ようやく尾根《おね》をひとつ越《こ》えたのがわかった。道はここからトロールズビークの村にむかってくだり坂になる。ペールは前のめりになりながら、暗い影《かげ》に沈《しず》んだ大きな盆地《ぼんち》を見おろした。薄暗《うすぐら》い谷の一角に、小さなともしびが点々とまたたいている場所がある。あそこが村にちがいない。服はぐっしょり濡《ぬ》れて、体が凍《こお》りつきそうだったから、乾《かわ》いた服と暖炉《だんろ》の火が恋《こい》しかった。あったかい飲み物と湯気をあげている食事が目に浮《う》かんだ。途中《とちゅう》バルドルとはほとんど口をきかなかったが、ここにきてペールはできるだけていねいな口調《くちょう》できいてみることにした。

「叔父《おじ》さん？　水車小屋はまだ遠いの？」

バルドルは顔をぐいっと左にむけ、指で示《しめ》した。

「あの木立《こだち》のむこうさ。あと一キロも行かないうちに到着《とうちゃく》だ」

その口調《くちょう》が、ごくふつうの人みたいだったので、ペールは何だか元気が出てきた。結局叔父《おじ》さんも、そんなにひどい人じゃないんだろう。

おどろいたことに、バルドルはまたもや肩越《かたご》しに話しかけてきた。

「ここがおれの故郷《こきょう》だ！」

ヒキガエルに似《に》た、しわがれ声で叫《さけ》んだ。

「生まれたときからずっとここで暮《く》らしてる。おれも親父《おやじ》も、そのまた親父《おやじ》もな！　みんな水車小屋を守ってきたんだ！」

「へえ。すごいな」

ペールはガチガチいう歯の間からいった。

「ただし、あっちこっちでガタがきてる。新しい歯車《はぐるま》を買って、いろいろ修理《しゅうり》をしないとな」

バルドルはぶつぶついって、さらにこうつけくわえた。

「しかし、それには金が必要だ――親父《おやじ》の遺産《いさん》でも残ってりゃ良かったんだが――」

ぼくのお金があるじゃないか、とペールは苦々しく思った。

「おまえの親父《おやじ》が、すっからかんだったのが残念だ」

バルドルが言葉を続けた。

「おれはこの村が誇《ほこ》りだし、みんなのために力をつくしてきた。だから金持ちになって当然だ。粉《こな》ひきの仕事ってのは、そりゃあ大事なものだ。だからおれには金持ちになる権利《けんり》があるのさ。何だ、あの音は！」

バルドルは思いきりのけぞるようにして手綱《たづな》をひき、雄牛《おうし》たちをとめた。両わきを急な土手《どて》にはさまれた場所で、牛車が斜《なな》めにすべり、道を完全にふさいでしまった。ロキは首の麻《あさ》ひもにひっぱられて宙《ちゅう》に浮《う》き、キャンキャン鳴いた。ペールはロキがかわいそうで息をのんだ。バルドルはうしろをふりかえり、太い首をまっすぐにたてて片手《かたて》をあげた。

「静かにしろ！」

小さな声でいった。

「きこえたか？　だれかがつけてきてる。おれたちのあとをな」

ペールは暗がりのなかに目をこらし、耳をすました。暗すぎてよく見えない。叔父《おじ》さんは何をきいたんだ？　こんな荒《あ》れはてた場所の寂《さび》しい道で、どうして車をとめたんだ？

ペールは息を殺して待った。このかん高い音は、鳥の鳴き声？——チュチュチュー、チュチュチュー、と長く尾《お》をひくような叫《さけ》び声《ごえ》が風に乗って運ばれてくるのがはっきりきこえる。

「おい、だれだと思う？」

バルドルがしきりにいう。

「ひょっとして、あいつかもしれん——おかしなやつがいるんだ。おまえが会ったら肝《きも》をつぶすかもな！」

バルドルがくすっと笑い、ペールは鳥肌《とりはだ》がたった。闇《やみ》に包まれた山の斜面《しゃめん》に、風が強く吹《ふ》きつけている——ペールは一瞬《いっしゅん》、思った。何よりもおそろしいのは、もしかしたらこの叔父《おじ》と同じ牛車のなかにいることなんじゃないか。手首をしばられているひもをひっぱってみた。とてもほどけそうにない。これでは牛車から飛びおりて、走って逃《に》げることもできない。

すぐうしろの道で、石が音をたてた。ロキが牛車の下にあわてて入っていったらしい。低いうなり声をあげている。ペールは緊張《きんちょう》した。何が来るんだ？

不満げに大きく鼻を鳴らす音がして、雨のなかから薄《うす》ぼんやりした影《かげ》が現《あらわ》れた。びしょ濡《ぬ》れのポニーが、人間と荷鞍《にぐら》を乗せて、くだり坂をゆっくりおりてくる。ポニーは牛車を見ると、頭をふりあげて、あとずさりした。通りぬける場所がないのだ。乗り手が大声でいった。

「おい！　牛車をどけてくれないか？　これじゃあ通れない」

バルドルは少しの間じっとすわっていたが、やがて怒《おこ》ったように息をはいた。それからおどろいたことに、手綱《たづな》を床《ゆか》にたたきつけ、いきなり立ちあがった。牛車の御者台《ぎょしゃだい》の狭《せま》い足置きの上で体がぐらついている。真《ま》っ黒《くろ》な髪《かみ》と、もじゃもじゃのあごひげが、雷雲《らいうん》を背《せ》にして、巨大《きょだい》な雲の柱のように見えた。

「ラルフ・エイリクソン！」

バルドルが叫《さけ》んだ。

「この汚《きたな》い盗人《ぬすっと》めが！　こんなところをうろつきやがって——虫《むし》けら野郎《やろう》は失《う》せろ！」

「バルドル・グリムソン！」

うんざりした声だった。

「こんなところでおまえに会うとは、まったくついてない！　とにかく牛車をどけてくれ。こっちは家に帰るんだ」

「うそつけ！」

バルドルは牛車から落ちそうになるぐらい体をゆらして、こぶしをふりあげた。

「この泥棒野郎《どろぼうやろう》！　いいか、トロールが仕返しに来ないからって、いい気になるんじゃないぞ。今度おかしな真似《まね》をしたら、このおれが痛《いた》い目《め》にあわせてやる。もう盗《ぬす》みはできない、観念《かんねん》しろ！　もしギャッファーが――」

トロール山に閃光《せんこう》が走った。稲光《いなびかり》が、鞭《むち》をめちゃくちゃにふるうように山肌《やまはだ》にはじけ、心臓《しんぞう》がとまりそうな雷鳴《らいめい》がひびきわたる。雨の強さも倍になった。さすがのバルドルも、どしゃ降《ぶ》りの雨には勝てず、御者台《ぎょしゃだい》に腰《こし》を落ちつけ手綱《たづな》をにぎった。

雄牛《おうし》がゆっくりと前に進む。ラルフは何もいわずに、さっさとわきを抜《ぬ》け、険《けわ》しいほうの右の道を去っていった。

牛車ははげしくゆれながら、でこぼこの坂道をおりていき、ペールは歯を食いしばってゆれにたえた。

やっぱり叔父《おじ》さんはふつうじゃない。完全におかしい。

胸《むね》はむかむかするし、寒いしで、すっかりうちひしがれたペールは、父親のことを思いうかべて、頭からバルドルを消しさろうとした。

あの輝《かがや》く瞳《ひとみ》、やさしいまなざし。細い肩《かた》を丸めて、のみとかんなを使っている姿《すがた》。もし叔父《おじ》さんのことを知ったら、父さんは何ていうだろう？

わかりきってる。

「がんばれ、ペール！」

そういうに決まってる。イングリッドおばさんとおんなじだ。だけどぼくには、もうひとり叔父《おじ》さんがいる。そっちはきっとバルドルほどひどくはないはずだ。こんな男がこの世にふたりもいたらたまらない。たぶんグリム叔父《おじ》さんは、ぼくの味方《みかた》になってくれる。もしかして――ひょっとしたらだけど――ちょっとは父さんに似《に》てるかもしれない！

牛車がガタガタ音をたてて、最後の坂道をおりていき、ぐらぐらする木の橋を渡《わた》った。ペールは橋の下を心配そうに見おろした。黒く光る水がはげしい勢《いきお》いで流れていく。

「どうどう！」

バルドルが大声をあげて鞭《むち》をふったが、その音さえも水のとどろきにかき消されてしまう。橋のむこうに、水車小屋が見えてきた。

土手《どて》の上に陰気《いんき》にうずくまる水車小屋は、小川を見つめていた。真《ま》っ黒《くろ》な小屋は、もう何年もの間冷えきったままで、暖《あたた》かくする術《すべ》を知らないように見える。小屋のまわりにびっしり野生の木が生え、風のなかでしゃにむに腕《うで》をのばしている。バルドルは小屋の端《はし》をまわって、そのむこうにある小さな庭に牛車をとめた。空にふたたび稲妻《いなづま》が光った。右手のほうに、水車小屋の薄汚《うすよご》れた前面が浮《う》かびあがった。黒い小さな窓《まど》には屋根のアシがたれさがっている。左手には、暗い納屋《なや》がたっており、口をぱっくり開けたように入り口が開いている。その先には粗末《そまつ》な家畜《かちく》小屋《ごや》がひと並《なら》び続いていた。

へとへとになった雄牛《おうし》たちは、どろをはねあげて足をとめた。オオカミのような吠《ほ》え声《ごえ》がひびいた。姿《すがた》は見えないが、どこかに犬がいるらしい。バルドルは手綱《たづな》を放し、腕《うで》をめいっぱいのばして関節を鳴らした。

「着いたぞ!」

バルドルは牛車から飛びおりた。水車小屋までずかずかと歩いていき、扉《とびら》を蹴《け》って開けた。弱々しい火明かりが中庭にもれてくる。

「グリム!」

大声で呼《よ》んだ。

「もどったぞ。小僧《こぞう》を連れてきた!」

バルドルがなかに入ると、すぐに扉《とびら》がバタンと閉《し》まった。ペールは雨のなかにとりのこされた。期待と恐怖《きょうふ》がごちゃまぜになった気分で、ただふるえていた。

「グリム叔父《おじ》さんは、きっとちがう」

たまらなくなって、思わず小さく声がもれた。

「ぼくにはわかる。バルドル叔父《おじ》さんみたいな人間が、この世にもうひとりいるわけがない。たとえ血のつながった兄弟だって——」

かんぬきが音をたててはずれ、初めてきく、大きくて太い声が耳に入ってきた。

「それじゃあひとつ、見てやるか！」

水車小屋の扉《とびら》がゆっくり開いてふるえた。ペールは息をのんだ。バルドルのがっしりした体に続いて、そのあとをもうひとりの男が歩いてくる——すでにすっかりなじみとなっている顔。ペールはあっけにとられた。雨のなかで目を細め、じっと相手を見る。これは悪夢《あくむ》だ、そう自分にいいきかせた。しかし夢《ゆめ》ではなかった。最後の望みが消えた。深い絶《ぜつ》望感《ぼうかん》にペールは首を横にふった。

第二章

ラルフの船出

谷の高いところに小さな農家がたっている。その湿気《しっけ》の多い小さな母屋《おもや》で、ヒルデは編《あみ》棒《ぼう》をにらみつけていた。火の明かるさを頼《たよ》りにずっと編物《あみもの》をしていたせいで、頭がずきずきした。編棒《あみぼう》が一本すべりおち、ヒルデは小さく毒づいた。編《あ》んでいるのは、ごわごわした灰色《はいいろ》の靴下《くつした》。せっかく編《あ》んだ目がするするっとほどけてしまった。

だいたいこんな不安な気持ちで、集中などできるわけがない。それは母さんも同じはずだった。でも母さんは落ちついたようすで、ズボンにつぎをあてている。ヒルデはフーッと息をはいた。

「母さん？　父さん遅《おそ》いわね、だいじょうぶかしら？」

母親のグードルンがこたえる前に、強い風が吹《ふ》いてきた。まるでオオカミがヒツジにおそいかかるように、小さな家を丘《おか》の斜面《しゃめん》からはぎとってしまいそうな勢《いきお》いだ。外できこえる薄気味悪《うすきみわる》い声は、鳴いているようにも、おしゃべりをしているようにもきこえる。しかしそれは、閉《し》めきった木の雨戸《あまど》に雨がうちつける音だった。こういう夜は、オオカミ、トロール、クマの天下《てんか》だ。

ヒルデは、父さんの帰り道を想像《そうぞう》した。あのトロール山のごつごつした黒い山肩《やまかた》を、雨にうたれながら帰ってくるのだろう。もし途中《とちゅう》でけがをしたり、大変な目にあったとしても、あたしも母さんも、ただ待っているしかない。

ヒルデが心配そうに外の物音に耳をすませる一方《いっぽう》で、祖父《そふ》は火のそばでうとうとしていた。と、ちょうどそのとき、くぐもった音が外でして、ひづめの音がきこえてきた。中庭にポニーが入ってきたのだ。

「帰ってきた！」

グードルンがほっとして笑顔《えがお》になった。ヒルデは喜び勇んで家を飛びだしていく。外は荒《あ》れくるう夜だ。重たい扉《とびら》は、ヒルデが手を放したとたん、雨のなかを吹《ふ》きぬける強い風が乱暴《らんぼう》に閉《し》めた。

「もどったぞ！」

ラルフは手綱《たづな》を娘《むすめ》に放りなげた。

「体をよくこすってやってくれ。だが、急いでくれ！　みんなに知らせたいことがあるんだ」

ラルフの頭には長い金髪《きんぱつ》がへばりつき、ブーツとズボンはどろだらけになっている。

「びしょびしょじゃないの！　早くなかに入って乾《かわ》かして」

そういって、ヒルデは体から湯気をたてているポニーを馬小屋にひっぱっていった。ラルフは娘《むすめ》のあとについていき、荷をはずした。

「買い物はどうだったの？」

「ばっちりだ！　母さんにいわれていたものはすべて市場で買えた。しかし長い一日だったよ。それに帰り道、トロール山を越《こ》えるときに、あいにくバルドル・グリムソンに出くわしちまった」

「で、どうしたの？」

ヒルデがするどい声できいた。

「心配にはおよばない！　いつものように、二、三、いやみをいわれただけさ。知らせたいっていうのは、そんな話じゃない！　いいかいヒルデ、びっくりするなよ――」

ラルフは途中《とちゅう》で言葉を切り、興奮《こうふん》と心配の入りまじった妙《みょう》な表情《ひょうじょう》で娘《むすめ》の顔を見た。

「何？　どうしたの？」

ヒルデはポニーの手入れをしていた手をとめた。

「新しい船だ！」

ラルフの青い目が期待に輝《かがや》いた。

「新しいバイキング船が航海に出るんだ！　それで父さんも――おっと、まずは母さんに話さないと。さあ、おまえは早くそっちをやっておしまい。話はあとでしっかりききかせてやる！」

ラルフはヒルデの長い髪《かみ》をきゅっとひっぱってから、馬小屋を出ていった。

ヒルデは考えこむように、唇《くちびる》をぎゅっとかんだ。ポニーをしっかりふいてから、新しい藁《わら》を用意してやったが、心のなかは落ちつかず、いやな予感までした――父さんはいったい何をいいだすんだろう。考えまいとしたがだめだった。

ヒルデは早く家のなかに入って家族と過《す》ごしたかった。外では風がうなり声をあげていて、気味《きみ》が悪くてしょうがない。小さなランタンの火が大きな影《かげ》をゆらしている。元気を出そうと口笛を吹《ふ》いたものの、だんだんに尻《しり》すぼみになって消えた。

ネコのカリが、飼《か》い葉桶《ばおけ》のそばにやってきた。納屋《なや》のネズミを退治《たいじ》してくれる茶色い小さなネコだ。桶《おけ》のまわりをぶらぶら歩きながら、ヒルデにくすぐられると、頭をたれて、大きな音でのどを鳴らした。そのカリの体が突然凍《とつぜんこお》りついた。耳がぺたんと頭に張《は》りつき、目をぎょろぎょろさせてうなりだした。

ふりかえったヒルデの顔も恐怖《きょうふ》にゆがんだ。扉《とびら》のすき間《ま》からひょろりとした黒い腕《うで》がのぞいていた。かんぬきのまわりを手さぐりしている。ヒルデは悲鳴をあげ、ほうきでなぐりつけた。手がさっとひっこんだ。

「トロール！」

ヒルデが声をひきつらせた。

「二度と現《あらわ》れるんじゃないわよ！」

ほうきを放りなげて、今度は干《ほ》し草《くさ》を積みあげるフォークを手にとった。息を殺して待ったが、それきりだった。

しばらくしてヒルデはため息をつき、つま先立ちで扉《とびら》の前まで行って、すき間《ま》から外をのぞいてみた。戸口に降《ふ》りつける雨が輝《かがや》いていた。足もとで黒い影《かげ》がさっと動いた。見るとぬかるみのなかに、手足ばかりが目だつ生き物がしゃがんでいる。折りまげたひざのむこうに、大きくて真《ま》っ黒《くろ》な耳がつきだしている。体の大きさは、大ぶりの犬といったところ。ぜんたいの印象は太ったクモというにふさわしく、長い足の間に、たいこ腹《ばら》がたれさがっているように見える。雨のなかで、濡《ぬ》れたはげ頭が、ぴくぴくっとひきつるのが見えた。くしゃくしゃっとした黒い顔のなかで、黄色い目がまばたきをした。ほんの一瞬《いっしゅん》、魔法《まほう》にでもかかったように、両者は互《たが》いの姿《すがた》をじっと見つめあった――トロールと少女。ヒルデはふいにどろをかぶった。トロールがジャンプしたのだ。トロールは、じつになめらかなジャンプを二度くりかえして去っていった。

ヒルデは中庭を駆《か》けぬけると母屋《おもや》の扉《とびら》をもぎとらんばかりの勢《いきお》いで開け、みんなにトロールのことを知らせようとした。しかし母屋《おもや》に入ったとたん、はげしい口論《こうろん》の嵐《あらし》に見舞《みま》われた。

父と母が大声でどなりあっている。ヒルデは両手で耳をふさいだ。一度開いた扉《とびら》が、またものすごい音をたてて閉《し》まり、ヒルデはトロールのことも忘《わす》れてしまった。トロールはとっさに、低い屋根のひさしにカエルのように飛びあがった。屋根にはアシが分厚《ぶあつ》くふかれていて、トロールはその上をはいのぼって、大棟《おおむね》まであがっていった。

「長いこと生きてきたけど、こんなばかげた話をきいたのは初めてだわ！」

ヒルデの母親がラルフをどなりつけている。

「あなたは農夫でしょ。バイキングとはちがうじゃないの！」

「何がばかげてる？」

ラルフがどなりかえした。

「このあたりじゃあ、男はみんな、農夫かバイキングだ。どっちになろうといいじゃないか！」

グードルンはさもばかにしたように鼻を鳴らした。ラルフのほうは顔を真っ赤《まっか》にして壁《かべ》によりかかっている。大騒《おおさわ》ぎするようなことじゃない、と冷静なふりをしているのだが、少しもうまくいっていない。腕《うで》を組んでふてぶてしい笑《え》みを浮《う》かべる夫《おっと》に、グードルンが食ってかかった。おさげの髪《かみ》をふりみだしてラルフの両腕《りょううで》につかみかかり、体をはげしくゆすった。

「何がおかしいのよ！」

夫《おっと》の顔にまともにどなりつけた。

「母さん――父さんも！　やめてちょうだい」

ヒルデが大声でいった。

「いったいどうしたっていうのよ。おチビさんたちが起きちゃうじゃない！」

しかし双子《ふたご》のほうはすでに起きていた――そしてワンワン、泣いていた。

風がさらに強さを増《ま》して吹《ふ》きつけ、家ががたがたふるえた。トロール山の斜面《しゃめん》に生えるカバの木は、そろってはげしい風になぶられ、身をふるわしている。

トロールはべそをかきながら屋根にへばりついていたが、強い風のせいで大きな黒い耳の一方《いっぽう》が犬の耳のように裏返《うらがえ》った。ぶるぶるっと不機嫌《ふきげん》に体をふるわせると、大棟《おおむね》を伝って、屋根に切りとられた穴《あな》のところまで身をよじりながら進んでいった。暖炉《だんろ》の真上《まうえ》にあけられた煙抜《けむりぬ》きの穴《あな》だ。

トロールはそこからなかをのぞいた。燃《も》えさかる炎《ほのお》の真《ま》っ赤《か》な目が見える。ふいに肺《はい》いっぱいに熱と煙《けむり》をすいこんでしまい、あわてて飛びのいた。せきこみながら、鳴き声をあげる。

「フチュチュチュチュー！」

しかしその声も、凍《こお》りつく雨が屋根をたたく音で消されてしまった。みぞれの粒《つぶ》が火のなかに落ちてシューッと音をたてる。

「ようくわかったわよ」

グードルンはふいにだまりこんで、ラルフをつかんでいた手を放した。

「それじゃあ、あなたのお父さんの考えをきかせてもらおうじゃない。ひとり息子《むすこ》が自分を置きざりにしていくのに平気な顔をしてる親はいないでしょうよ。嵐《あらし》の海に出ていって、渦潮《うずしお》に巻《ま》きこまれて、あとのことは神のみぞ知る。だってバイキング船なのよ。お父さんはさぞ心を痛《いた》めるはずよ！」

「おい、あとは本人にしゃべらせたらどうだ？」

ラルフがどなった。

「それに夕食はどうなった？　おまえにがみがみいわれてるうちに、こっちは飢《う》え死《じに》しちまうぞ！」

ヒルデは祖父《そふ》の顔をちらりと見た。エイリクは火のそばのお気に入りの場所にすわっていたが、「夕食」という言葉をきいて目を輝《かがや》かせた。グードルンにもそれがわかったので、ジョッキに入ったビールと、大麦をひきわりにした温かい粥《かゆ》のボウルを、ふたりの前に用意した。エイリクは大きなバターのかたまりをのせて食べるのが好きなので、それも入れてあげた。

「さあ、お義父《とう》さん。ラルフにいってやってくださいな。ばかげた真似《まね》はやめろってね」

グードルンがエプロンのなかでもみ手をして待つ間、エイリクは粥《かゆ》のなかでバターをゆっくり溶《と》かしている。

「バイキングの船ですよ？　とんでもない！　絶対《ぜったい》にやめさせるべきです。この人はお義《と》父《う》さんのいうことならきくんですから、どうかお願いします」

しかしエイリクは目を輝《かがや》かせてこういった。

「いやはや、わしももう一度若《わか》くなれたらのう！　真新《まあたら》しい船は、きっと白鳥のようにすいすい海の上をすべっていくのじゃろう。船首にドラゴンの頭がついているとか！　王が作らせた『ロング・サーペント』と呼《よ》ばれる船がクジラの道を渡《わた》って、冒険《ぼうけん》に出ていくんだ！」

エイリクは粥《かゆ》をかみしめながら、ヒルデに目を落とした。

「クジラの道が何だかわかるかね、孫娘《まごむすめ》？」

「ええ、おじいさん」

ヒルデがやさしくいった。

「海路《かいろ》のことでしょ」

エイリクは粥《かゆ》を食べるのをひと休みする。いすの背《せ》に体をあずけて、いつものように伝説を語りはじめた。ハーラルという船乗りについて、スプーンで拍子《ひょうし》をとりながら語っていく。グードルンは、あきれて目を丸くしてみせたが、ヒルデはリズムにあわせて小さく手をたたいた。

ラルフは忍《しの》び足《あし》で双子《ふたご》たちの寝《ね》ているところへ近づいていった。小さなシグルドとシグリドの間にすわり、それぞれの肩《かた》に腕《うで》をまわして、何やら耳もとでささやいている。ふいにふたりがベッドから飛びおりた。

「パパは、バイキングになるんだって！」

金切《かなき》り声《ごえ》をあげた。

「ぼくたちにおみやげを持ってかえるって！」

「あたしには琥珀《こはく》のネックレス！」

「ぼくには本物の短剣《たんけん》！」

グードルンの目がそちらをふりかえって、きらりと光った。

「ラルフ！　子どもたちを物で釣《つ》ろうったって、そうはいかないわよ！」

詩がクライマックスに達し、勇者たちはみな死に、船は炎《ほのお》に包まれた。エイリクは満足げにいすの背《せ》にもたれた。ラルフが歓声《かんせい》をあげ、そんな夫《おっと》をグードルンがにらみつけた。

「なるほどね、素晴《すば》らしい結末だこと。水のなかに顔をつっこんで死ぬってわけ？　いかにもありそうなことだわね。で、あなたが出ていったあと、だれが農場の世話《せわ》をするんでしょうね？」

「おい、グードルン」

ラルフがいいかえした。

「夏だけのことじゃないか。ほんの数週間だ。小麦やカラス麦はもう種をまいてあるし、行ったと思ったら、もうすぐ帰ってくる、あっという間《ま》だ」

「だけど、ヒツジはどうするの？」

グードルンがつめよった。

「盗《ぬす》んでいくやつがいるのを知ってるでしょ。もうすでに三頭も子ヒツジをとられたのよ。

トロールの仕業《しわざ》よ。それに水車小屋のグリムソン兄弟もね。問題はそれだけじゃない。うちではもう麦を粉《こな》ひきに出すことはやめたのよ。もどってきた粉《こな》は汚《よご》れてるし、量も減《へ》ってるし。だからヒルデとあたしとで、ひかなきゃならない。農場の世話《せわ》までしてられないのよ！」

屋根の上でトロールが舌《した》なめずりをした。ローストした子ヒツジの味を思いだしたのだ。細くて黒い舌《した》が、唇《くちびる》をなめあげる。

「粉《こな》ひきといえば」

ラルフが口を出した。ちがうほうへ話題をもっていこうという魂胆《こんたん》が丸見えだ。

「いわなかったかな？　帰る途中《とちゅう》にバルドル・グリムソンに会ったんだよ！」

「何かやっかいなことにでもなったの？」

グードルンがすかさずきいた。

「いや、心配ない」

ラルフが妻《つま》をなだめた。

「あの男はばかだ。雨が降《ふ》っているってのに、牛車のなかにじっとすわって、どなってきたんだ！」

「風邪《かぜ》でもひいて、死んじまえばいいのよ！」

グードルンがフンと鼻を鳴らした。

「ねえ、どうしてパパにどなるの？」

シグリドが目をまんまるにしてきいた。

「やつは父さんのことがきらいなんだ！」

ラルフがにやっとした。

「どうして？」

「父さんの持ってる金《きん》のゴブレットのせいよ」

ヒルデが得意げに教えた。

「そうでしょ？」

「そうなんだよ、ヒルデ。やつはあれがほしくてほしくてたまらないのさ」

ラルフがうれしそうにいった。

「トロールの宝《たから》なんだ。父さんに幸運を授《さず》けてくれるんだ！」

「授《さず》かるのは不運のほうよ」

グードルンがばかにするようにいった。しかしシグルドとシグリドはきゃあきゃあ飛びはねて、話をねだる。

「きかせて、きかせて」

「よし、教えてやろう！」

ラルフは双子《ふたご》をすくいあげ、ひざの上にのせてやった。

「それはちょうど、きょうみたいなひどい天気の夜だった。そう、十年ほど前のことだ。今夜と同じように、父さんはハンマーヘイブンの市場からポニーに乗って家へ帰るところだった。トロール山のなかほどまで来たんだが、服はずぶ濡《ぬ》れだし、もうへとへとだった。そんなとき、そそりたった岩山のてっぺんに、まぶしい光が見えたんだ。風に運ばれてきたのか、音楽もきれぎれにきこえてきた」

「ほっとけばいいものを」

グードルンがぶつぶついった。

「それでポニーに道を変えさせて、山の斜面《しゃめん》にむかって早足《はやあし》で進ませた。それから、わが家《や》の土地の一部でもある高地、ストーンメドウという場所に出てきたんだ。山のてっぺんを見て、自分の目を疑《うたが》ったな。岩でできた山の頂《ちょうじょう》上ぜんたいが、すっぽり持ちあがってるんだ。まるで巨大《きょだい》な岩のふたを開けたみたいにな！　四本のどっしりした赤い柱が、その天井《てんじょう》を支《ささ》えていた。そして金色の光に満ちたその下には、何千何百というトロールがいたんだ。姿《すがた》形《かたち》も大きさも、さまざまにちがったトロールが、スキップしたり、ダンスをしたり、大騒《おおさわ》ぎだ。しかもそいつらのたてる音といったら、ヒツジの品評会《ひんぴょうかい》よりうるさい！　クンクン、メーメー、ニャーニャー、ギャーギャー。角笛《つのぶえ》の音、物悲《ものがな》しい歌声、たいこをたたく音。弦《げん》が一本しかないバイオリンをキーキー鳴らしているような音まで！」

「どうやったら、トロール山のてっぺんを持ちあげることなんてできるの？」

シグルドがきいた。

「卵《たまご》の上半分をはずすのといっしょさ」

ラルフが冗談《じょうだん》をいった。それから真面目《まじめ》な顔になった。

「やつらはきっと、人間の知らないふしぎな力をもってるんだろう。父さんは自分の目で見たことだけしかわからない。とにかくトロールたちは、そこで宴会《えんかい》を開いていた。金や銀の皿にあらゆる料理がのっていたからね。それを背《せ》の小さな給仕役《きゅうじやく》のトロールが、踊《おど》っている者たちの間をひょいひょいぬって、器用《きよう》に運んでいく。皿にはたっぷり料理が盛《も》ってあるというのに、一滴《てき》もこぼさない。まるでサーカスの曲芸師《きょくげいし》みたいにね！　これには腹《はら》をかかえて笑ったよ！

しかしそこでポニーが急におびえだしたんだ。こっちはうっとり見とれてたもんだから、トロールが近づいてきたことなんてまったく気づかなかった。するとポニーの背中越《せなかご》しにそいつがひょいっと顔を出した。少女のトロールで、こっちが知らぬ間《ま》にそこにいたんだ。

父さんに美しい金色のゴブレットをさしだした。なかには、何だかわからないが、湯気をたてる飲み物がなみなみと入っていた——たぶんスパイス入りのビールだろうと思って、ありがたく受けとったよ。トロールのほうもこっちとおんなじで、濡《ぬ》れて寒そうだった！」

「まったく、狂気《きょうき》の沙汰《さた》だわ！」

グードルンがいった。

ラルフは子どもたちのほうを見た。

「さあ飲んでやろう、と思ったんだが」

いったんそこで間《ま》をあける。

「その前に、少女の表情《ひょうじょう》に気づいたんだ。やぶにらみの目にいたずらな光が宿っている。そう、邪悪《じゃあく》な光だ！　それにその子の耳——毛深くて先がとがった耳——が、前のほうへぴくぴくって動いたんだ。これは良くないことを考えてるなって、すぐわかった！」

「で、どうなったの、ねえねえ！」

子どもたちが息をのんだ。

ラルフは双子《ふたご》の上に身をかがめた。

「で、父さんはゴブレットを持ちあげて、飲むふりをした。それから、肩越《かたご》しにそいつをひっくり返し、中味《なかみ》をぜんぶ空《から》にした。ビールが地面にこぼれると煙《けむり》があがった。ポニーのしっぽにもいくらかかかったらしく、その部分は毛が焼けおちてしまった！　トロールの少女は怒《おこ》っておぞましい叫《さけ》び声《ごえ》をあげ、父さんはポニーに乗って急いで山をくだった。命からがら全速力でな。だが片手《かたて》には金のゴブレットをしっかり持って落とさなかった。そしてあの山に住んでるトロールの半分ぐらいが、父さんを追ってきたんだ！」

すすがぽろぽろと火のなかに降《ふ》ってきた。年老いた牧羊犬《ぼくようけん》のアルフが、不安げに耳をたてた。屋根の上ではトロールが体をぺたんこにしてうつぶせになり、煙穴《けむりあな》の上に耳を広げていた。ネコのようにしっぽをぴしぴし動かして、怒《おこ》ってうなっている。しかし人間たちはだれひとりそれに気づかなかった。話の内容《ないよう》に夢中《むちゅう》なのだ。ラルフは顔をぬぐったが、そのときの興奮《こうふん》を思いだしたのか、手がふるえていた。思わず声を出して笑った。

「家にそのまま帰るなんてばかなことはしなかったよ」

ラルフが続けた。

「トロールが母さんやヒルデをばらばらにひきさいてしまうだろうからね！」

「あたしたちは？」

シグリドがきいた。

「まだあんたたちは生まれてないのよ」

ヒルデが笑いながらいった。

「さあ、先を続けて！」

「そこで考えた。フィンガーと呼《よ》ばれる背《せ》の高い石があってな。そこで道を曲がれば、水車のむこうに広がる耕《たがや》した畑に着く。ポニーのほうは、そういう柔《やわ》らかい土の上でも素早《すばや》く走れるんだが、トロールはダメなんだ。きっと足の指の間に土がつまってしまうんだろう。その作戦でいくことにした。まず水車のある小川にたどりつくと、そこで水のなかに飛びこんでポニーをひっぱっていった。その頃《ころ》はまだ橋はなかったんだ。助かったよ！トロールは小川を渡《わた》ることはできなかった」

「トロールは怒《おこ》ったでしょ？」

シグルドがふるえながらきいた。

「まるでネコみたいにうなって、ヤカンみたいに頭からシューシュー湯気を出してたな！」

ラルフがいった。

「トロールたちは石や土のかたまりを投げつけてきたけど、そろそろ夜が明けるっていうんで、あわてて山に帰っていった。その頃《ころ》には、父さんもポニーも、もうへとへとだった。水車小屋までふらふらしながら歩いていって、扉《とびら》をたたいた。相手が出てくるのを待っている間、おかしな音がきこえてきた。いや、きこえたんじゃない——足の裏《うら》で感じたんだ。遠くで、石のこすれるような振動《しんどう》がして、それが地面を伝ってひびいてきたんだ。トロール山のてっぺんが、またもとのように沈《しず》んでいく音だった」

ラルフは思うところがあるらしく、そこで口をつぐんだ。

「それで、どうなったの？」

ヒルデが先をせかした。

「バルドルたちの父親が、小屋の扉《とびら》を乱暴《らんぼう》に開けて毒づいた。あそこは父親もグリムという名でね。そのグリムが、いったいこんな朝早くに何をしてやがるってな。だけど父さんの手に金色のゴブレットがあるのを見ると、まるで目玉が飛びだしそうにおどろいた。息《むす》子《こ》たちを蹴《け》ってベッドから起こし、火のそばに父さんがすわる場所をとってくれた。女《にょう》房《ぼう》にビールとパンを買いに走らせ、乾杯《かんぱい》が始まった。『よくぞ、逃《に》げおおせたな、ラルフ。さあ、詳《くわ》しいことをきかせてくれ！』って、父親のグリムがいいだした」

「それで話しちゃったのよ、この人は！」

グードルンが苦い顔をしていった。

「ああ」

ラルフがため息をついた。

「もちろんぜんぶ話したさ」

ラルフは娘《むすめ》にむかっていった。

「ヒルデ、あのゴブレットをとってきてくれ。もう一度見てみよう」

屋根の上では、トロールがひどく興奮《こうふん》していた。まるでキツネ穴《あな》のなかをのぞく猟犬《りょうけん》のように、煙穴《けむりあな》に頭をつっこんで、少しでもよく見ようと夢中《むちゅう》だ。屋根のアシにつめを食いこませ、落っこちそうになるぐらい身を乗りだしている。ヒルデが戸棚《とだな》から金のゴブレットをとりだし、父親のところへ持っていくのが見える。トロールの目にはゴブレットが逆《さか》さまに映《うつ》っている。

「見事《みごと》だ！」

ラルフがゴブレットをかたむけながらそっといった。飲み口から底にかけて、ヘビのような大きな持ち手が二本、両側にわっかになってついている。火明かりのなかで極上《ごくじょう》の光を放つ金が、バターのように、手の上にとろけてきそうだった。ラルフはそれをいつくしむように撫《な》でたが、グードルンは唇《くちびる》をきゅっと結んでそっぽをむいた。

「どうして使わないの？」

シグリドがうっとりしてきいた。

「使うですって？」

グードルンがおびえた声を張《は》りあげた。

「だめに決まってるでしょう！　不運に見舞《みま》われる。母さんはもう何度もいってるのよ。父さんにそれを返してこいってね。山に行って、置いてこいって。なのにこの人ときたら、まったくきく耳をもたないんだから」

「すごくきれい」

シグリドがいった。手を触《ふ》れようとして、グードルンにぴしゃりとはたかれた。

「グードルン！」

ラルフがぼやいた。

「おまえはいつでも心配ばかりだ！　このゴブレットがなかったら、だれがおれの話を信じる？　これはおれの勲章《くんしょう》だ。正当《せいとう》なやり口で手に入れたんだからな！　不運なんてものは、心がけの悪いやつのところへ舞《ま》いこむもんさ。おれたちは何もおそれることなんてない」

「粉《こな》ひきのおじちゃんも、それが気に入ったの？」

シグルドがきいた。

「ああ、もちろんさ」

ラルフの顔が真面目《まじめ》になった。

「グリムのやつ、『トロールの宝《たから》だ！』っていってた。『わが家《や》もひとつ、お相伴《しょうばん》にあずかろうじゃないか』なんて息子《むすこ》たちにいいだしたもんだから、こっちは何だか不安になってきた。結局、その場所を知っているのは父さんだけだったからな。で、もう帰ろうと立ちあがったそのとき――父さんの前で、ふたりの息子《むすこ》が戸口に立ちふさがった。うしろをふりかえると、父親のグリムが、薪《まき》の山から丸太《まるた》を一本とりあげてるじゃないか！」

ヒルデがヒューッと口笛を鳴らした。

「父さんはグリムと、ふたりの息子《むすこ》にはさまれた形になった。あの頃《ころ》から息子《むすこ》たちはでかかったんだ！　あのままだったら、きっと殺されていただろうな――ところがそのとき、エギルソンところの兄弟、ビヨルンとアーネが、大麦をひきに戸口に現《あらわ》れたんだ。ふたりが来なかったら頭をなぐられて、ゴブレットをとられておしまいだっただろう」

「それだからグリムソンの一家は、あたしたちをきらってるの？」

ヒルデがきいた。話題がうまく切りかわって、けんかがおさまりそうなのに、内心《ないしん》喜んでいた。

「父さんはゴブレットを持ってるけど、自分たちにはないから？」

「それだけじゃないのよ」

グードルンがいった。

「グリムはそのゴブレットがもうほしくてほしくてたまらなくって、頭が変《へん》になったみたいでね。父さんをつけまわして、場所を正確《せいかく》に教えろといってきかないの。そのあたりを掘《ほ》るっていいだしてね」

「まったく、ばかだ！」

ラルフがいった。

「トロールのすみかを掘《ほ》ろうなんて、どうかしてる」

「だから、きっぱりお断《ことわ》りして、おひきとり願ったのよ」

グードルンがいった。

「でもね、翌日《よくじつ》にはまたやってきた。今度は父さんからストーンメドウを買いとって、とことん掘《ほ》ってやるなんていいだしたのよ！」

「それもきっぱり、断《ことわ》ったよ」

ラルフがいった。

「もしそこに宝《たから》が眠《ねむ》っていたとしても、それはトロールのもので、やつらが守っているんだ。どうして売ることができる！」

「父さんのいうとおりよ！」

グードルンがいった。

「ところがひどいのよ。次の日になったら、グリムのやつ、みんなにうそをいいふらした。ラルフにだまされた――やつは金だけとって、土地を渡《わた》さないって！」

「あの大うそつきめ！」

ラルフが顔を真《ま》っ赤《か》にして怒《おこ》った。

「でもグリムじいさんはもう死んだんでしょ？」

ヒルデがきいた。

「ああ」

ラルフがいった。

「去年の冬に死んだ。どうして死んだか、おまえも知ってるだろう？　グリムのやつ、どんなに悪天候《あくてんこう》だろうと、いつでもあの山をほっつき歩いて、どこかに入り口はないかとさがしてた。それで吹雪《ふぶき》のなかで、倒《たお》れちまった。息子《むすこ》たちがさがしにいって倒《たお》れてる父親を見つけたんだ」

「ごつごつした岩の下に倒《たお》れていて、岩につめをたてていたって話よ」

グードルンがつけくわえた。

「めそめそ泣きながら、トロールの門を見つけた、っていってたらしい。自分を笑いとばす門番《もんばん》の声が、なかからきこえてきたんだからほんとうだって！　息子《むすこ》たちが水車小屋に連れかえったけど、着いたときにはもう、息がなかった。それであの兄弟は、父親の死を父さんのせいにしたのよ」

「そんなのおかしいわ！」

ヒルデがいった。

「ええ、おかしいわ」

グードルンがいった。

「けどね、おかしい人間はどこにでもいるのよ。女房《にょうぼう》にすべてを押《お》しつけて、ばかげた船旅に出ようとする父さんみたいにね」

ヒルデは心のなかで、舌打《したう》ちをした。これでまたふりだしにもどってしまった！

「ラルフ」

グードルンが説得にかかった。

「海に出るなんてのは、一《いち》か八《ばち》かの賭《か》けなのよ。そんなにやすやすと儲《もう》かるわけがないでしょ！」

ラルフはいらいらして髪《かみ》をかきむしった。

「儲《もう》けるためじゃないんだ」

何とか相手にわからせようとする。

「おれは――おれは冒険《ぼうけん》がしたいんだよ、グードルン。生まれてからこのかた、ずっと同じ小さな村で暮《く》らしてきた。つまり――」

そこで深く息をすった。

「ちがう空が、ちがう海が、ちがう土地が見たいんだ！」

ラルフは頼《たの》みこむように妻《つま》の顔を見た。

「わかってくれないか？」

「あたしにわかるのは」

グードルンが怒《おこ》ってまくしたてる。

「せっかく苦労してためたお金がむだになるってことだけよ。あなたの自分勝手《じぶんかって》な気晴《きば》らし旅行のためにね！」

ラルフの顔が真《ま》っ赤《か》になった。

「金が心配だっていうんなら、こいつを売ればいい！」

金のゴブレットをつかんで、妻《つま》の顔の前でふりかざした。

「純金《じゅんきん》だからな、いい金《かね》になるだろう。ずっとこいつを恨《うら》んでたおまえだが、今度はそれに守ってもらうがいい！　とにかくおれは船に乗って海に出るからな！」

「溺《おぼ》れ死《し》んじまうわよ！」

グードルンがしゃくりあげた。

「なのに、こっちはずっと待ちつづける。あなたが地獄《じごく》の橋を死人たちといっしょに渡《わた》っているとも知らずにね！」

いやな沈黙《ちんもく》が流れた。双子《ふたご》は真顔《まがお》になって、目を大きく見開いている。ヒルデは唇《くちびる》をかんだ。エイリクは神経質《しんけいしつ》そうなせきをして、冷めた粥《かゆ》をスプーンでそっとすくった。ラルフはゴブレットを静かに置いて、グードルンの肩《かた》を抱《だ》きしめた。その肩《かた》をちょっとゆすってから、やさしく言葉をかける。

「おまえは素晴《すば》らしい女だ。そんな女を女房《にょうぼう》にできて、おれは幸せ者さ。だが、このチャンスだけはふいにできない。バイキング船に乗るのはおれの夢《ゆめ》なんだ！」

突風《とっぷう》が家屋《かおく》をゆらした。あちこちのすき間《ま》や割《わ》れ目《め》をねらって風が入りこみ、うなるような音をたてている。グードルンはしゃくりあげていた胸《むね》に深く息をすいこんだ。

「出発はいつ？」

ふるえる声できく。ラルフが目を床《ゆか》に落とす。

「あしたの朝だ」

低い声でこたえた。

「あした？」

グードルンの唇《くちびる》が白くなった。ラルフの肩《かた》をつきはなし、ぶるぶる身をふるわせる。

「こんな天気じゃ、船出は無理に決まってるわよ！」

「春一番も、きょうで最後だ」

ラルフが妻《つま》をなだめた。

屋根の上にいるトロールは、会話に興味《きょうみ》をなくした。棟《むね》にまたがって、風のなかで両《りょう》腕《うで》をゆらゆらさせ、大きな声で叫《さけ》んだ。

「フウ――！　フチュチュチュチュ！」

「なんて風かしら！」

グードルンは火《ひ》かき棒《ぼう》を手にとって、火をかきたてた。飛びちる火花がのぼっていき、煙穴《けむりあな》から外に出た。

びっくりしたトロールは、うしろむきにひっくり返り、くるくるまわって屋根から落ち、ぬかるんだ中庭に着地した。それからあたりをうろついて、あちこちのぞいていった。トロールが通った土の上には、先が八つにわかれた奇妙《きみょう》な足跡《あしあと》が点々と残った。母屋《おもや》の扉《とびら》には馬の蹄鉄《ていてつ》がうちつけられていた。トロールはチッと舌打《したう》ちをすると、何やらぶつぶついいながら、そこを迂回《うかい》した。しかししつこく居残《いのこ》って、農家の庭のあちこちに立ちいっては、カタツムリの通ったあとのように、触《ふ》れたものすべてに不吉《ふきつ》なしみをつけていった。

第三章

ニースと話をする

ありえない、バルドル叔父《おじ》さんがもうひとりいるなんて！　最初のおどろきが去ると、笑いがこみあげてきた。しゃっくりの混《ま》じった苦しい笑いに胸《むね》がひきつれる。どうにもそれをとめることができず、ペールは牛車の手すりに体をふたつ折りにして、息をつまらせながら笑った。

グリムとバルドルは一卵性双生児《いちらんせいそうせいじ》だった。ふたり並《なら》んで、肩《かた》をそびやかしながら牛車に近づいてくる。ペールは右に左に頭を動かして、両者を見比《みくら》べた。樽《たる》のような胸《むね》、筋肉《きんにく》もりもりのごつい腕《うで》、太い首、真《ま》っ黒《くろ》でもじゃもじゃのあごひげと髪《かみ》の毛《け》の間に光る意地《いじ》の悪そうな小さな目。どれをとってもまったく同じだった。片方《かたほう》はまだ、濡《ぬ》れたマントを着ているが、もう一方《いっぽう》は夕食の最中《さいちゅう》だったらしく、先に肉片《にくへん》を刺《さ》したナイフを持っている。

「うるさい」

ナイフを持っているほうが、ペールにいった。

「牛車からおりろ」

声だけがちがう――太くて、荒《あら》っぽい感じだ。

「あなたがだれだか、あててみせるよ！」

ペールは無謀《むぼう》にもそんなことをいいだした。

「さて、この人は？ うーん、難《むずか》しい。待てよ！ わかったぞ！ グリム叔父《おじ》さん！ どう、あたりでしょ？ ふたりともほんとうにそっくり。ひとつさやのなかの豆みたいだね。ときどき、どっちがどっちかわかんなくならない？ ぼくはあなたの――」

「おりろといってるんだ」

グリムがいった。さっきとまったく同じ声。

「――甥《おい》っ子《こ》のペールだよ！」

負けずに、最後までいいおえた。まだ手首はひもでしっかりしばられて牛車の片側《かたがわ》につながれている。それをほどこうとして、手首を持ちあげ、指を動かしてみる。

グリムは、小ばかにするように、ペールの手首をしばっている麻《あさ》ひもをナイフですぱっと切った。それからまゆ根《ね》をよせてナイフの先をじっとにらんだ。肉を口に入れ、ナイフの刃《は》をなめると、ロキをしばっていたひもを切りおとした。ペールをじっとにらみ、肉をかみながら命令する。

「ほら、おりろ」

グリムが弟のほうをむいたすきに、ペールは牛車からぎごちなく飛びおりた。

「おい、こんなやつが役にたつのか？」

グリムがいった。

「まあ、見てろって」

バルドルがいう。

「さっそく働いてもらおう。そらっ！」

ペールにランタンをつきだした。

「これを持って、雄牛《おうし》たちを小屋に入れろ。メンドリは納屋《なや》に運べ。それから餌《えさ》をやるんだ。さあ始めろ！」

バルドルはそういうと兄の肩《かた》に片腕《かたうで》をまわし、ふたりそろって猫背《ねこぜ》で歩きながら、水車小屋に歩いていった。途中《とちゅう》ペールの耳に、バルドルがこういうのがきこえてきた。

「鍋《なべ》のなかは、何だ？　シチューか？　腹《はら》がぺこぺこだぜ！」

扉《とびら》が閉《し》まり、ペールはぬかるみのなかに立ちつくした。降《ふ》りしきる雨に頭をなぐられ、手のなかでランタンがふるえる。笑いたい気持ちはすっかり失《う》せていた。ロキがぬかるみのなかから出て、疲《つか》れきった体をふるわせながら、クンクン鳴きだした。ペールは深く息をすった。

「だいじょうぶだよ、ロキ。さあ、仕事を片《かた》づけよう！」

雨に濡《ぬ》れて扱《あつか》いにくい装具《そうぐ》をようやくはずして、雄牛《おうし》たちを小屋に入れた。藁《わら》の束《たば》でこすって、体を乾《かわ》かしてやる。次はメンドリを牛車から運びだして、納屋《なや》に放してやった。そこにはすでに、いばった黒いオンドリが一羽と、やせこけた二羽のメンドリがいて、新入りを値踏《ねぶ》みするかのように、気どった足どりで歩いてきた。小麦がいくらか置いてあったので、それをばらまいてやった。

体のこわばりはとれたものの、まだ服は濡《ぬ》れているし、へとへとだった。メンドリたちは寝場所《ねばしょ》をさがして、警戒《けいかい》するようにコッコッと鳴いている。ロキは藁《わら》のなかで丸くなって、ぐっすり寝入《ねい》ってしまった。ペールはロキをそのままにしておくことにした。バルドルの言葉が頭に焼きついていた――おれの犬が食っちまうだろうがな。

たしかに水車小屋のなかから犬の吠《ほ》え声《ごえ》がしていた。

ペールはランタンをとりあげて中庭を出ると、ぬかるみに気をつけながらゆっくり歩いていった。嵐《あらし》はとうに過《す》ぎさって、頭の上をきれぎれの雲がびゅんびゅん飛んでいく。雨のほうもやんでいた。

水車小屋には、陰気《いんき》で人をよせつけない雰囲気《ふんいき》があった。きっちり閉《し》まった扉《とびら》からは、わずかな明かりももれてこない。閉《し》めだされたのではないことを願った。おなかがグーグー鳴った。なかではシチューが待っている！　それでもペールの足は、扉《とびら》の前でとまってしまった。入るのがこわかった。ノックをしたほうがいいだろうか？　くぐもった声がなかからきこえてきた。話しているのは、ぼくのこと？

扉《とびら》に耳を押《お》しあてて、なかの声に耳をすました。

「たいした額《がく》じゃないぜ！」

バルドルがいっている。

にぶい音がして、それにチャリンという音が続いた。

「まあ数えてみようぜ」

グリムの太い声がいった。それでペールは、バルドルが金《かね》の入った袋《ふくろ》を投げたのだとわかった。やがて、くぐもった詠唱《えいしょう》のような声がリズミカルにひびいてきた。ふたりでいっしょに金《かね》を数えているらしい。途中《とちゅう》何度もまちがえて、そのたびに悪態《あくたい》をついている。

「三十、三十一」

バルドルがやっと数えおえた。

「鍵《かぎ》をかけて、しまっておこうぜ！」

声がだんだんに小さくなったので、扉《とびら》から遠く離《はな》れていったのがわかった。

「あの小僧《こぞう》に手をつけられちゃ、かなわんからな」

ペールはこぶしをぎゅっとにぎった。

「あれはぼくの金だぞ、この泥棒《どろぼう》め！」

声に怒《いか》りがほとばしった。何かのふたが開いて閉《し》まる音がした。どこか戸棚《とだな》のような場所にしまったにちがいない。いまなかに入っていけば、それがどこだかわかるはずだ。

「あの小僧《こぞう》」

バルドルの声がして、ペールの足がとまった。濡《ぬ》れた扉《とびら》に耳をぴったり押《お》しつけて話をききとろうとした。やっかいなことに、バルドルは歩きまわっているらしかった。ズシンズシンという足音が行ったり来たりして、その合間《あいま》に言葉がきれぎれにきこえてきた。

「……まだギャッファーのところへは、早すぎるか？」

「……あわてたって意味がない」

ギャッファーだって？　前にも同じことをいってなかったっけ？　そうだ、山の上でだ。

ペールはぞっとしてふるえた。何なんだ、それは？　ふたたび耳に神経《しんけい》を集中した。低くて太い声、口笛、また低い声、ふたりの声が交互《こうご》にひびく。そのなかで「トロール」という言葉がはっきりきこえた。そのあとにすぐ「――結婚式《けっこんしき》までには、まだたっぷり時間がある」という言葉も。続けざまにドスンドスンという音がして、叔父《おじ》ふたりがブーツを脱《ぬ》ぎすてて、部屋の奥《おく》に蹴飛《けと》ばしたのだとわかった。そして最後に――きっとグリムのほうだろうが、大きな声でこういうのがきこえた。

「とりあえず、いまのところは、せいぜいこき使ってやろうぜ」

それで話が終わったようだった。ペールは背《せ》をのばし、頭をかいた。耳のあたりを冷たい風が吹《ふ》きぬけ、新たににわか雨が降《ふ》ってきた。水車小屋のなかで、兄弟の片方《かたほう》がこういった。

「あのうるさい小僧《こぞう》は、まだ仕事が終わらないのか？」

ペールはあわてて扉《とびら》をノックした。かんぬきがはずされた。

血も凍《こお》るようなおそろしいうなり声がして、犬が飛びだしてきた。信じられないほどに大きい。犬は自分の居場所《いばしょ》になっているらしい炉端《ろばた》から、ペールののどめがけてまっすぐ飛んできた。よだれのしたたる黄《き》ばんだ大きな牙《きば》が顔に迫《せま》ってきたとき、グリムがぞんざいに腕《うで》をのばし、モンスターのような犬の体をうしろへぐいとひっぱった。足を浮《う》かせた犬に命じる。

「グレンデル、おすわりだ！」

巨大《きょだい》な犬が小さくなった。

「なかに入って扉《とびら》を閉《し》めろ」

グリムがペールに荒々《あらあら》しい声でどなった。

「ばかみたいにつったってないで、犬に手をかがせろ。そうすりゃなれる」

ペールはおずおずと片手《かたて》をさしだした。いまにも手首から、かみちぎられそうな気がした。グレンデルはオオカミよりも大きかった。茶色と黒のまだらで、ひだえり状《じょう》の固い毛が肩《かた》から背骨《せぼね》に沿《そ》ってみっしり生えている。毛を逆《さか》だてて、ばかでかい頭をかがめ、まるで生《なま》ゴミのにおいでもかぐように、ペールの手をかいだ。そして、こいつは信用ならない、とでもいうように低い声でうなった。

グリムは、グレンデルの背《せ》をいとしそうにポンポンたたき、あごのまわりをかいてやった。

「よしよしいい子だ、いい子だ」

ずいぶんやさしい声で話しかけている。ペールは手についたよだれをズボンでぬぐった。この犬はほんとうに人を殺しかねない。こんな犬を飼《か》うなんて、いかにもグリムソン兄弟らしいと思った。

「こいつは、人だって殺せる」

まるでペールの心を読んだかのように、グリムがいった。

「この谷じゃあ、いちばんの犬さ。けんかは全戦全勝。かすり傷《きず》ひとつ負《お》ったことがないんだ。こういう犬しか、おれたちは犬って呼《よ》ばないんだ！」

ああ、ロキを連れてこなくて良かった！　ペールはぞっとした。グリムはグレンデルの耳をひっぱったり、話しかけたりして、じゃれあっている。ペールは自分から注意がそれたのを幸いに、家のなかを見まわした。ここがぼくの新しい家になる。

部屋の真ん中《まなか》に陰気《いんき》な火がくすぶっていた。バルドルはその横で丸いすに腰《こし》かけ、ひざにシチューの深皿をのせてがつがつと食べている。そうしながらはだしの足をつきだして火で温めている。黒い炉端《ろばた》では、濡《ぬ》れた靴下《くつした》が蒸気《じょうき》をあげていた。バルドルのばかでかい足が熾火《おきび》の上でまわっている。湾曲《わんきょく》した長いつめは、汚《きたな》いかぎづめのようだ。

家のなかには、がたがたの家具、大箱、樽《たる》、古い道具などが散乱《さんらん》していた。キクイムシに食われてぼろぼろになったテーブルは、脚《あし》がぐらつくのか、壁《かべ》にもたせかけるようにして置いてある。二段《だん》ベッドの上では、ぐちゃぐちゃになった毛布《もうふ》が、半分床《ゆか》にたれさがっている。

部屋のいちばん奥《おく》には、短いはしごが屋根裏部屋《やねうらべや》のような場所に続いていて、そこの段《だん》高くなった場所に石臼《いしうす》が置いてあった。暗くてよく見えないが、粉《こな》をひくのに必要なさまざまな形の機械が置いてあるのが、その輪郭《りんかく》でわかった——滑車《かっしゃ》の巻《ま》きあげ装置《そうち》、じょうご形のホッパー、鎖《くさり》、自在《じざい》かぎ。屋根からは、巨大《きょだい》な鉄のはかりがひと組吊《つ》りさがっている。梁《はり》から梁《はり》へ、房《ふさ》のついたロープが渡《わた》してある。

バルドルは大きな音をたててゲップをし、皿を床《ゆか》に置いて残り物をグレンデルにやった。ふいにペールの目のなかで部屋がぐるぐるまわりはじめた。胸《むね》がむかむかして、めまいにおそわれ、壁《かべ》に手をついて体を支《ささ》えた。が、すぐにその手をひいた。手のひらに、灰色《はいいろ》のほこりと黒いクモの巣《す》がべったりついてしまった。クモの巣《す》は、壁《かべ》のいたるところに張《は》っていて、どれも古い小麦の粉《こな》をかぶっている。足もとの汚《きたな》い床《ゆか》は、大昔から積もりつづけたフスマ（小麦をひいたあとに残る皮）が、湿《しめ》った分厚《ぶあつ》い層《そう》を作っていて、海綿《かいめん》の上を歩いているような気がした。家の空気には、腐《くさ》った麦とかびた小麦粉《こむぎこ》の甘《あま》ったるいにおいと、バルドルのチーズ臭《くさ》い靴下《くつした》のにおいが混《ま》じりあっている。そこへシチューの残《のこ》り香《が》が、ふっと漂《ただよ》ってきた。

ペールはこみあげてくるはき気をこらえ、力ない声でいった。

「いわれたことをやったよ、バルドル叔父《おじ》さん。家畜《かちく》に餌《えさ》をやって、ぜんぶ片《かた》づけをすませた。それで——ぼくのシチューはあるの？」

「あっちだ」

うなるようにいって、頭をぐいっとむけた。その先に、燠火《おきび》の上にのった黒い鉄鍋《てつなべ》があった。ペールがなかをのぞいたが、ほとんど空《から》っぽだった。

「でも、もうないよ」

がっかりしていった。

「もうないだと？」

バルドルの顔が陰険《いんけん》になった。

「グリム、この小僧《こぞう》は、ずっと甘《あま》やかされて育ったみたいだぞ。いまの言葉が何よりの証拠《しょうこ》だ！」

「たっぷり残っているはずだ」

グリムがいった。

「パンで鍋《なべ》のなかをぬぐうんだよ。食えるだけでもありがたいと思え。ぜいたくもむだも許《ゆる》さんからな」

ペールはだまって鍋《なべ》の前にひざをついた。干《ひ》からびたパンの耳を見つけて、それで鍋《なべ》の内側をこすった。肉はまったく残っていない。スプーン一杯《ぱい》ほどの肉汁《にくじゅう》と、玉ネギの切れっぱしがあるだけだ。しかし鍋《なべ》を持っていると温かくて気分が落ちついた。パンの耳をがつがつかじり、パンくずはロキのために残しておいた。

食べおえて顔をあげると、バルドルが陰気《いんき》な目でこちらをじっと見ていた。暗い小さな目に意地悪《いじわる》そうな光を宿らせ、太い指をあごひげのなかにつっこんで、上下にとかしている。

ペールは不安そうに叔父《おじ》の顔を見返した。するとバルドルは、体をふるわせて笑いだした。ゼイゼイいいながら、体をふたつ折りにして、ひざを乱暴《らんぼう》にたたいている。前にうしろに体をがくがくゆらし、鼻を鳴らしながら息をしている。

「はっはっはっ！」

息をつまらせ、顔が紫色《むらさきいろ》に変色《へんしょく》した。

「ヒーヒー！　こいつはたまらん、まいったぜ！」

ペールを指さして笑っている。

「やつを見ろよ、グリム！　損《そん》な荷物をしょいこんだっていうやつもいるだろう。しかし、おれにとっちゃ――このおれにとっちゃ、こいつは目方分《めかたぶん》の金《きん》と同じ値打《ねう》ちがあるんだ！」

ふたりはいっしょになって大笑いした。

「そいつはいい！」

グリムが大声でいって、弟の肩《かた》をパンチする。

「目方分《めかたぶん》の価値《かち》か――うまいことをいう！」

ペールはふたりの顔をそっとうかがった。どんなジョークだか知らないが、うれしいものじゃないことはたしかだ。しかし、いいかえしてどうする？　さらに大声で笑われるだけだ。ペールはわざとあくびをしてみせた。

「バルドル叔父《おじ》さん、ぼく疲《つか》れたんだけど。どこで眠《ねむ》ればいいの？」

「何だって？」

バルドルがペールのほうをふりむいた。大笑いしたせいで涙《なみだ》がにじみ、それが毛深い顔の上でてらてら光っている。涙《なみだ》を手でぬぐってから、小ばかにしたようにいう。

「こいつ、一人前《いちにんまえ》に疲《つか》れた、だとさ。なあグリム、どこへ寝《ね》かせようか」

「犬といっしょに床《ゆか》の上？」

ペールは皮肉《ひにく》っぽく自分からいった。広い二段《だん》ベッドは叔父《おじ》たちの寝場所《ねばしょ》と決まっている。だからきっとそんなことになるだろうと思っていた。しかしそこで、グリムが腰《こし》をあげた。

「石臼《いしうす》の下だな」

グリムはそういうと、どかどか歩いて、はしごのかかった屋根裏部屋《やねうらべや》のほうへむかった。

しかし、はしごにはのぼらずに、すみへ潜《もぐ》りこんで、ほこりをかぶったかごや壊《こわ》れた木箱を足で蹴《け》ってどかしていった。するとそこに小さな木の扉《とびら》が現《あらわ》れた。高さはせいぜい九十センチといったところだ。ペールは用心《ようじん》しながら、叔父《おじ》のあとに続いた。グリムがその小さな扉《とびら》を開けた。食器棚《しょっきだな》ではなかった。その奥《おく》には闇《やみ》が広がっていて、湿《しめ》ったにおいがつんと鼻をついた。水がぽたぽた落ちてくる音もきこえる。

抵抗《ていこう》する暇《ひま》も与《あた》えず、グリムはペールの腕《うで》をつかんでひざをつかせ、扉《とびら》のむこうの闇《やみ》のなかに押《お》しこんだ。ペールは前のめりに倒《たお》れて、顔をぶつけた。ドサッという音とともに、カビだらけの麻袋《あさぶくろ》が足の上に落ちてきた。

「これを下に敷《し》いて寝《ね》ろ！」

グリムがどなった。ペールはビクッと体をひきつらせ、袋《ふくろ》を蹴《け》って足の上からどかした。息がとまりそうだった。のどが苦しい。あわてて立ちあがった拍子《ひょうし》に、頭を思いっきりぶつけた。闇《やみ》のなかに星が散らばった。頭上を必死《ひっし》に手さぐりした。巨大《きょだい》な丸太《まるた》の梁《はり》が手に触《ふ》れ、ばかでかい歯車《はぐるま》のにぶい歯があるのがわかった。絶望的《ぜつぼうてき》な気持ちになってうしろをふりかえった。細い光の線が、閉《し》まった扉《とびら》のありかを示《しめ》している。恐怖《きょうふ》に胸《むね》が波うった。空気が肺《はい》のなかへどっと入ってきた。

「バルドル叔父《おじ》さん！」

ペールは叫《さけ》んだ。扉《とびら》に身を投げつけ、ドンドンたたきつづけた。

「出してよ！　出してったら！」

扉《とびら》をめちゃくちゃにたたきながら叫《さけ》んでいると、腐《くさ》った掛《か》け金《がね》がはずれた。扉《とびら》が大きく開いて、火明かりに照らされた安全な場所が目に飛びこんできた。ほっとして、思わずすすり泣きがもれてしまう。はいずりながら、扉《とびら》によっていって飛びだした。バルドルが近づいてくる。

「いやだ！」

ペールが叫《さけ》んだ。頭をかがめて、バルドルのわきをくぐりぬけ、ふるえながら部屋のなかへもどっていった。

「バルドル叔父《おじ》さん、あんなところで寝《ね》かせないで。お願いだよ！　納屋《なや》でロキといっしょに寝《ね》る。そっちのほうがよっぽどましだ！」

「おまえは、おれにいわれたところで眠《ねむ》るんだ！」

バルドルが手をのばしてきた。

「ひと晩中《ばんじゅう》大声を出しつづけてやる！」

ペールが叔父《おじ》をかっとにらみつけた。

「そうしたら、ひと晩中眠《ばんじゅうねむ》れないぞ！」

バルドルは手をひっこめた。ペールにむかってまゆをひそめる。

「いったい何がいやなんだ？」

あざけるようにいった。

「立派《りっぱ》な機械のそばで眠《ねむ》れるんだぞ――おれが小さい頃《ころ》は、こんなにうれしいことはなかった！」

「ふかふかの麻袋《あさぶくろ》もあるしな！」

グリムも口を出してきた。

「狭《せま》すぎるんだよ――息ができない。きゅうくつで――真《ま》っ暗《くら》じゃないか！」

ペールは肩《かた》で息をしながら、恥《は》ずかしさにたえた。心臓《しんぞう》はまだドキドキいっていた。

叔父《おじ》たちは、信じられないという顔でペールをじっと見た。バルドルの顔にゆっくりと、にやにや笑いが広がった。

「きゅうくつで、真《ま》っ暗《くら》じゃないか！」

ペールの真似《まね》をしていう。にやにや笑いはすぐにくすくす笑いに変わる。

「おい、きいたか、グリム？　こいつは暗いのがこわいんだとさ！　こりゃいい！」

双子《ふたご》の兄弟は、その夜二度目の大笑いを始めた。ペールは床《ゆか》をにらんでいた。叔父《おじ》たちは、互《たが》いに背中《せなか》をたたきあいながら、せきこみ、息をつまらせながら、よろけるほどに笑っている。心ゆくまで笑ったあと、バルドルの顔にはまたいつものしかめっ面《つら》がもどってきた。

「それじゃあ、納屋《なや》に行って寝《ね》ろ！」

グリムのとげとげしい声に、ペールはだまってうなずいた。頬《ほお》がかっと熱くなっていた。

「さてきょうは終わりだ！」

グリムがあくびをした。

「寝《ね》よう」

弟がいってうなずいた。ふたりはベッドにどっかり腰《こし》をおろし、ぐしゃぐしゃの毛布《もうふ》を広げてすっぽりくるまると、寝返《ねがえ》りをうった。

ペールは足音をたてないように、扉《とびら》のところまで歩いていった。途中《とちゅう》グレンデルの体をまたがねばならない。巨大《きょだい》な犬は真《ま》っ赤《か》な目を片方《かたほう》だけぎろりと開いてペールをにらみ、口のまわりにしわをよせて、声を出さずに歯をむいた。ペールは音をたてずに素早《すばや》く、扉《とびら》を抜《ぬ》けて中庭をつっきっていった。

納屋《なや》のなかは暗かった。それでも天井《てんじょう》が高くて、藁《わら》の甘《あま》いにおいがして、息をするのも楽だった。ペールはぱさぱさの藁《わら》をひざの上にのせ、ロキを起こして、とっておいたパンくずをやった。ロキはむさぼるようにしてそれを食べた。

「もうないんだ」

まだものほしそうにしているロキの鼻面《はなづら》を押《お》しやって横になった。もうへとへとだった。納屋《なや》のなかは、真《ま》っ暗闇《くらやみ》ではなかった。外では、晴れた空に月がのぼっていた。まぶしい月の光が数本、納屋《なや》の床《ゆか》と家畜《かちく》小屋《ごや》の木の仕切りの上にさしていた。ペールはあおむけになったものの、疲《つか》れきってかえって眠《ねむ》れない。頭は休むことなく考えている。

叔父《おじ》さんたちの間で、おかしな計画が進行しているようだった。叔父《おじ》さんはぼくに何をさせるつもりなんだろう？

ペールは何度も寝返《ねがえ》りをうった。藁《わら》をもっとたくさん体にかぶせた。それからしだいに不安な夢《ゆめ》のなかに落ちていった。横で眠《ねむ》っているロキは、ときおりクンクン鳴いて、体をぴくっと動かした。

妙《みょう》な音がペールの眠《ねむ》りに割《わ》りこんできた。息をはずませた小さなしわがれ声が、何やらぶつぶつつぶやいているのだ。

「おい、ちょっと！　そこをどいてくれよ！」

梁《はり》の上でネズミのような声がしたかと思うと、粥《かゆ》のにおいがふっと流れてきた。ペールは寝返《ねがえ》りをうった。

「そらそら！」

小さなしわがれ声がひびき、その声がさらに大きくなった。

「ちょっとどいてくれっていってるんだよ、おでぶのメンドリさん！」

メンドリが一羽鳴き声をあげ、下に飛びおりると、また別の止まり木をさがしにいった。

失礼しちゃうわ、とでもいいたげに、気どったようすで歩いていく。ペールは目をこらして、いったいだれがしゃべっているのか、見きわめようとした。しかしぼんやりした黒い影《かげ》が動いているのが見えるだけだった。

「あーあ！」

長いため息がペールの頭上に落ちてきた。粥《かゆ》のにおいがすごく強くなった。チャプチャプ、ペチャペチャ、という音。数分間、ペールはその音にじっとききいった。

「バターが入ってない！」

小さな声が不満げにいった。

「粥《かゆ》に、バターが入ってない！」

すっかりうちひしがれている感じだ。

「しみったれ、どけち、守銭奴《しゅせんど》！　まったく血も涙《なみだ》もないやつらだ。でも待てよ！　もしかしたら底のほうに入ってるかも――よし、さがしてみよう」

そこでまた、ペチャペチャ、チャプチャプチャプが始まった。それから今度は、チュウチュウすうような音。まるでそいつが――だれだかわからないけど――空《から》っぽになった粥《かゆ》の深皿から、最後の汁《しる》の一滴《てき》まで指ですくいとって、しゃぶっているような音だ。ようやく、静かになった。

「やっぱりバターは入ってなかった」

がまんならない、というような不機《ふき》嫌《げん》な声だ。木の深皿が梁《はり》の上から落ちてきて、ペールの頭にあたった。

「イタッ！」

ペールがいった。

はっと息をのむような声がしたかと思うと、何かがささっと逃《に》げていった。次にきこえてきた声は、納屋《なや》のむこう端《はし》のすみっこから流れてきた。

「だれ？」

わなわなふるえる声がきいてきた。

「ぼくはペール・ウルフソン。きみはだれ？」

「だれでもない」

即座《そくざ》に返事が返ってきた。

「まったくだれでもない」

ロキは、皿が落ちてきたときに目を覚《さ》ましていたが、吠《ほ》えないように、ペールが体をやさしく撫《な》でていた。

「ニースじゃないか？」

声にむかっていってみた。ニースは家に住みつく妖精《ようせい》だ。ペールはそういう妖精《ようせい》がいることを話にはきいていたが、まさか自分が出会うとは思っていなかった。

「そうなんだろう？」

しつこくきいた。

ちょっと間《ま》を置いてから、相手がこたえた。

「だったらどうなんだい？」

いばった声だった。

ペールはこの場所でだれか友だちを作りたかった。それで仲良《なかよ》くなるきっかけとして、まずは相手の気持ちをつかむことにした。

「粥《かゆ》にバターが入ってなかったんだってね？」

そのひと言でむこうの態度《たいど》がほぐれた。

「味もそっけもない粥《かゆ》さ」

苦々しげにいう。

「おいらは、家まわりの仕事を半分も手伝ってるんだぜ。バターのひとかけぐらい入れてくれたっていいじゃないか！　庭を掃《は》いて、ほこりやクモの巣《す》を払《はら》って、家のなかをぴかぴかにしてるんだぞ！」

ペールは、ほこりだらけの汚《きたな》い家のようすを思いうかべて、ほんとうにそんなことをやっているのかと疑《うたが》いたくなったが、あえてそれを口にはしなかった。たぶん、もっといいものを食べさせてやれば、ニースもがんばって働くのかもしれない。

「バターなら山ほど持ってるくせにさ」

ニースは話を続けながら、だんだんに興奮《こうふん》してきた。

「乳《ちち》しぼりの場所にさ、木の樽《たる》に入れて置いてあるんだぜ」

さらに陰険《いんけん》な声でこうつけくわえる。

「ネコやネズミをよせつけないためだよ。まあ、おいらも同類だって思われてるんだけどさ。で、こっち用には、いつも粥《かゆ》が深皿に入って、火のそばに置いてある。おいらは、それを見つけてとってくる。でも食べてみると――バターが入ってない」

「そりゃあ、ひどいな」

ペールがいった。

「ぼくにもさあ、シチューをわけてくれないんだよ」

自分以外にも、ひどい扱《あつか》いを受けているやつがいるときいて、ニースはびっくりしたようだった。ペールにはまだ相手の姿《すがた》が見えなかったが、音だけはきこえた。ニースは軽《かろ》やかな足どりで梁《はり》の上をはねながら、近づいてきたようだ。

「ほら目をつぶって。それから、手をさしだして」

小さなキーキー声が、命令した。ペールがそうすると、ほんのり温かい、つるつるしたものが手の上に落ちてきた。

「卵《たまご》をやるよ」

ニースはそういうと、キーキー声をあげて笑った。ペールは卵《たまご》を指で包みこんだ。生《なま》で食べる気はしなかったが、ここでは調理することもできない。それで、ロキの朝食にすることにした。礼をいってやると、ニースが上のほうでスキップするのがわかった。

「それにしてもバター抜《ぬ》きってのはひどいぜ」

ニースはまだ不当《ふとう》な待遇《たいぐう》についてぼやいている。

「おいらには、いとこがいるんだよ、ペール・ウルフソン。いとこはいっぱいいるんだけど、そのなかでユトランドに住んでるやつがいて、そいつはさあ、家主《やぬし》がバターを入れわすれたのに怒《おこ》って、家畜《かちく》のなかでもいちばんいいやつの首をへし折ったんだ。おいらにだって、やろうと思えばそれぐらいのことはできるんだ」

きっとこけおどしでいってるのだろうと思ったが、ペールは相手を喜ばせようとして、頼《たの》むからそんなことはやめてくれといった。

「だってさあ、家畜《かちく》には何の罪《つみ》もないんだよ。悪いのはグリムソンの兄弟なんだ」

「おまえが、おいらにバターをとってきてくれるかい？」

「それは無理だと思うよ」

ペールの表情《ひょうじょう》が暗くなった。

「そんなところを見つかったら、ぼくは半殺《はんごろ》しの目にあうよ。ぼくだって、この先まともに食べさせてもらえるかどうか、わかんないんだから。ごめんよ」

「ふーん、そうか」

ニースはその晩《ばん》はそれ以上の話をしなかった。朝、目が覚《さ》めると、きのうの晩《ばん》のことは夢《ゆめ》だったのかなと、ペールには自信がなかった。

でもすぐ横の藁《わら》の上には、ニースからもらった卵《たまご》がちゃんとあった。ロキが茶色い耳をぴんとたてて、ほしくてたまらないという顔でそれをじっと見ていた。卵《たまご》の味をちゃんと知っているのだ。ペールが割《わ》ってやると、ロキはペチャペチャ音をたてて卵《たまご》をなめた。

「まるでニースみたいだな」

ペールはこわばった腕《うで》をのばして、服についた藁《わら》を払《はら》った。雄牛《おうし》たちが小屋のなかで、落ちつかなげに動きまわっている。餌《えさ》を待っているのだ。ペールは納屋《なや》の扉《とびら》を開けて、メンドリたちをおもてに出して、勝手《かって》に餌《えさ》を見つけて食べさせた。雄牛《おうし》たちには、フォークで干《ほ》し草《くさ》をかきおろしてやった。まだ朝は始まったばかりで、叔父《おじ》たちの起きてくる気配《けはい》はなかった。もちろん起こしに行こうなんて気持ちは、ペールにはさらさらなかった。

「ロキ、探検《たんけん》に行こうよ！」

犬にむかっていった。

「さあ、出発だ！」

ペールが納屋《なや》の扉《とびら》を押《お》しあけると、ロキが元気良く飛びだしていった。

第四章

ヒルデとの出会い

　空はすっきり晴れていたものの、中庭はまだひんやりとした影《かげ》のなかに横たわっていた。ペールはぬかるみのなかを、バシャバシャどろをはねながら歩いていった。警戒《けいかい》して、目はしんと静まっている水車小屋からひとときも離《はな》さない。よろい戸と、ぼろぼろのアシぶき屋根。アシは、かつては屋根の両肩《りょうかた》で、しゃれた角《つの》のようにねじられていたが、いまはすっかりいたんで、よじれた耳のように見える。煙穴《けむりあな》から出る陰気《いんき》な煙《けむり》は、途中《とちゅう》からのぼるのをやめ、中庭にたれてきている。まるで疲《つか》れきって、もうこれ以上はあがれないという感じだ。まだだれも目を覚《さ》ましている気配《けはい》はない。

　ペールは中庭を抜《ぬ》け、小屋をまわりこんで橋にのぼった。手すりにもたれて身を乗りだし、川の上流にすえられた大きな木の水車を見る。水車はペールの頭の高さを越《こ》えるほど大きい。モンスターがじっとしたまま、真っ黒《まくろ》な歯をむきだして、よだれをたらしているようにも見えた。中央の心棒《しんぼう》は、大人の男の腿《もも》ほどの太さで、それが水車小屋の壁《かべ》をつらぬいてなかを通っている。これなら、あれだけの衝撃《しょうげき》がくるはずだ！　頭をぶつけたときのことを思いだしてまゆをしかめた。

水車用の細い水路を先まで見渡《みわた》して、ぞくっとした。水面から冷たい息がはきだされているのだ。水は羽根車《はねぐるま》の下を通っているが、水門が閉《し》まっているために、表面にインクのように黒いしわをよせてよどんでいる。羽根車《はねぐるま》の横手では、貯水池《ちょすいち》からあふれでた水が、小さな堰《せき》の上で真《ま》っ白《しろ》なしぶきをあげ、はげしく泡《あわ》だちながら橋の下を流れていく。一部の水は主流の流れに逆《さか》らって渦《うず》を巻《ま》き、水路にもどっていくものの、またそこで力つきて、下流へ流れていく。水が変化していくようすをじっと見ているうちに、何だか頭がくらくらしてきた。それでいったん橋を渡《わた》りきって、左手の土手《どて》にあがって貯水池《ちょすいち》を見おろすことにした。

朝で太陽がまぶしいというのに、貯水池《ちょすいち》のあたりだけは暗くなっていた。ねじまがったヤナギの木々が、流れにおおいかぶさるようにして生えている。まるで水面に自分の姿《すがた》を映《うつ》してみたものの、気に入らなくて、まゆをひそめているといった感じだ。暗褐色《あんかっしょく》の水の上には、あちこちで緑色のかすのようなものが浮《う》いて、ゆっくりと回転していた。堰《せき》のぎりぎり近くまで、水はほとんど動かないようだが、堰《せき》まで来ると、いきなり速さを増《ま》す。そこから水はきらきら光る白い筋《すじ》となって勢《いきお》いよく落ちていき、その下ではげしく渦巻《うずま》く流れに合流する。あたり一帯には、ひんやりした悪臭《あくしゅう》が漂《ただよ》っている。

さらに土手《どて》を歩いていくと、深くえぐられた狭《せま》い水路が現《あらわ》れて、行きどまりになった。そこを流れる水は、貯水池《ちょすいち》の開いた水門からひかれている。水は、水門の木の杭《くい》の間に割《わ》りこませた横木の上を光の弧《こ》を描《えが》いて越《こ》え、すさまじい音をたてながら橋の下の放水路《ほうすいろ》へ一気に流れこんでいく。ペールは貯水池《ちょすいち》に木の葉を一枚《まい》落としてみた。すると葉は、目にもとまらぬ速さで、開いた水門まで流れ、そこでぱっとひるがえると、勢《いきお》いよく下に落ちていった。

ペールはうしろをふりかえった。ロキは勝手《かって》に走っていって、アシの茂《しげ》みに鼻をつっこんでいた。しっぽを高くあげている。ペールの顔を見ると全速力でもどってきて、どろだらけの足で飛びついてきた。

「おい、やめろ！」

ペールがロキの体をはねのけた。

「ヒャーッ！　ドロドロじゃないか！」

ロキの足には、目の細かい黒い土がべっとりついていた。乾《かわ》くと灰色《はいいろ》に変わって、かちかちにこびりついてしまうどろだ。ペールはロキの体をつかみ、むしった草でどろを落としてやる。ロキのほうもそれに協力して、自分の足とペールの指をいっしょにぺろぺろなめた。そんな最中《さいちゅう》に、一頭のポニーが水車小屋にむかって近づいてきた。ペールは顔をあげた。

ポニーには、ペールと同じ年頃《としごろ》の女の子が乗っていた。赤いぬいとりをしたウールの青いワンピースを着ている。頭には、赤と黄のしゃれた帽子《ぼうし》をかぶり、髪《かみ》はふたつにわけて三《み》つ編《あ》みにし、赤と青のウールの切《き》れ端《はし》で結んであった。ぼさぼさの毛の小さなポニーの背《せ》に、足をそろえて横乗りし、ひざの上にはかごをのせている。ペールの姿《すがた》を見ると、目を大きく見開き、手綱《たづな》をひっぱってポニーをとめた。

「こんにちは！」

むこうから声をかけてきた。

「あなたはだれ？」

清潔《せいけつ》で華《はな》やかな感じの女の子だった。ペールは自分の格好《かっこう》を見てぞっとした。くすんだ色の木綿《もめん》でできた服は、もう古くなってあちこちが破《やぶ》れている。おまけに手はどろだらけだ。

「ぼくはペール・ウルフソン」

声が小さくなった。

「ウルフ・ソン（ウルフの息子《むすこ》）っていうことは、お父さんの名はウルフね。待って、あたしはこの村の人のことならぜんぶ知ってるの。わかった！　亡《な》くなったグリムじいさんに、たしか義理《ぎり》の息子《むすこ》がいたはずよ。それがあなたのお父さんじゃない？」

ペールはうなずいた。

「うん。だけど先週死んだんだ」

「まあ、ごめんなさい！　お気《き》の毒《どく》だったわね。それで、この村にやってきたの？　もしかして——？」

「そう、叔父《おじ》さんたちと暮《く》らすことになったんだ」

ぼんやりとそういった。

「えーっ、そんな。かわいそう！」

少女が大声をあげたが、「あっ」といってすぐに片手《かたて》で口をふさいだ。しかし目は興味《きょうみ》しんしんというように光っていた。

「もしかして、あなたは叔父《おじ》さんたちが好き？」

「いや、あんまり」

用心《ようじん》してそういった。

「きみの名前は？」

「ヒルデよ。ラルフの娘《むすめ》。ようこそ、この谷へ！」

　大げさに歓迎《かんげい》した。

「良かったら、うちに遊びにいらっしゃいよ。この谷でいちばん高いところにある農場よ。トロール山の北側半分はほとんどうちの土地なの。いま来ても、父さんのラルフにはもう会えないけど。今朝《けさ》旅に出ちゃったの。母さんが最後まで怒《おこ》っててね。ハンマーヘイブンで作られた、ばかばかしいバイキング船に乗りこんだの。夏の間ずっと帰ってこないわ。あら、あたし何かおかしなこといった？」

「別に！」

　ペールはむっとした。

「そのばかばかしい船は、ぼくの父さんが作ったんだ。それだけさ！」

「まあ！」

　ヒルデが顔を赤くした。気まずそうな顔で言葉を続ける。

「それじゃあ、あたしたちは友だちね。父さん、ほんとうは素晴《すば》らしい船だっていってたのよ――その船に乗れるっていうんで、ずいぶん誇《ほこ》らしげだったわ。あら見て！」

　ロキを指さした。

「ほら、あなたの犬！」

ふたりは何だかほっとして声をあげて笑った。ロキとポニーが、どっちも首をぐっとのばして、互《たが》いのにおいをかいでいた。ポニーが大きく鼻を鳴らすと、ロキはびっくりしてうしろにひっくり返りそうになった。

「あなたの犬、あの貯水池《ちょすいち》には近づけないほうがいいわよ」

ヒルデが真顔《まがお》になって忠告《ちゅうこく》した。

「どうして？　あいつは泳げるよ」

「そりゃそうでしょ。でもあそこにはグラニー・グリーンティースが住んでるの。だからあの貯水池《ちょすいち》にはアヒルもクイナもいないのよ。水のなかにひきずりこまれて、食べられちゃうって。そんないい伝えがあるの」

「ほんとうかい？」

ペールはふるえた。ふりかえって、どんよりした茶色い水をじっと見た。表面が油を塗《ぬ》ったようにてらてらしている。何だかヒルデのいうことも信じられるような気がした。

「それって、どんな妖精《ようせい》なの？」

心配になってきいた。

「名前のとおり、緑の歯が生えてるの。先のとがったやつがね。足に水かきがついてるっていう人もいるわ。髪《かみ》の毛《け》は、緑の雑草《ざっそう》みたいなんだって。ほんとうのところは、あたしも見たことがないんで、わからないの。でもある村の男の人が、夜中に巨大《きょだい》なウナギが草のなかをずるずるすべっていくのを見たって――それがグラニー・グリーンティースだって話なのよ！」

「その男の人は、どうしてそれがグラニー・グリーンティースだってわかったんだい？」

ペールは納得《なっとく》がいかなかった。

「そうだっていうんだから、そうなのよ！」

ヒルデがつんけんしていった。

「この水車小屋一帯には、不気味《ぶきみ》ないい伝えが山ほどあるのよ。こんなところに住まなきゃならないなんて、おあいにくさま。それにたぶんここにいたってあんまりやることはないはずよ」

「どうしてさ？」

「ひとつには、あなたの叔父《おじ》さんたちが、村の人たちからあまり良く思われていないってこと。いまではみんなほとんど、手まわしの石臼《いしうす》を使って、自分で粉《こな》をひいてるわ」

ヒルデはそこで顔をしかめた。

「あたしは母さんにそれをやらされて、たまったもんじゃないけど。グリムソン兄弟は怠《なま》け者《もの》よ。なのに、粉《こな》ひきっていうだけで、自分たちがとってもえらいと思ってるの。だけど実際《じっさい》に粉《こな》をひくことはめったにないのよ。わざと狂《くる》ったはかりを使って、量をごまかすのよ。もみ殻《がら》や土の混《ま》じった粉《こな》が返ってきたこともあったし、死んだネズミが入ってたこたとも」

「どうしてそんなことをするんだろう?」

ペールは信じられなかった。何だかむしゃくしゃしてきた。目の前の少女がきらいになりそうだった。どうしてこの子はいやなことばっかりいうんだろう?

「うちと、あの家の間には、昔からの恨《うら》みがあるの」

待っていたかのようにヒルデがこたえた。

「むこうは、うちの土地を自分たちのものだっていいはってるの。もちろんでまかせよ」

そこでにやりとした。

「もしかすると、あたしたちも敵《てき》と味方《みかた》になるのかも。だってあなたはむこうの家族でしょ」

「昔からの恨《うら》みだって!」

ペールがびっくりしていった。そのあとにいわれたことは無視《むし》した。

「きみのお父さん、ラルフっていったよね?」

「ラルフ・エイリクソン」

「きのうの晩《ばん》、きみのお父さんに会ったよ！　雨のなか、トロール山を越《こ》えてきたっていってなかった？　わかった、だから叔父《おじ》さんは、あんなふうにどなりつけていたんだ。きみのポニーもいっしょだったよ！」

「あなた、そこにいたの？　父さん何もいってなかったわ。いったいどういう状況《じょうきょう》だったの？」

「真《ま》っ暗《くら》で雨がたくさん降《ふ》ってて、ほとんど何も見えなかった。ぼくはびしょびしょに濡《ぬ》れてて、牛車の底にうずくまっていたからね。きみのお父さんはうしろからやってきて、ぼくたちの牛車がとまってる狭《せま》い道にさしかかったんだ。だれかが近づいてくるっていうのは、叔父《おじ》さんも気づいたんだけど、それがだれだかは、最初のうちはわからなかったと思う。ところが、きみのお父さんの声をきくなり、かんかんになって怒《おこ》りだしたんだ。いきなり立ちあがって、大きな声でわめきだした――」

「何をわめいたの？」

「きみのお父さんのことを、この虫けらめって。盗人《ぬすっと》、てなこともいってたな」

「まあ、そんなことを！」

ヒルデの顔が真《ま》っ赤《か》になった。手綱《たづな》の上でこぶしをぎゅっと固め、すぐにでも飛びだしそうな感じだ。

「待ってよ、きみがきいたんじゃないか！」

ペールがいった。

「ぼくのせいじゃない。それにそんなに叔父《おじ》さんたちのことがきらいなら、どうして今朝《けさ》こんなところに来てるのさ？」

ヒルデが小ばかにするように笑った。

「別にあなたたちの大切な水車に用があったんじゃないわ！　村に行く途中《とちゅう》に通りかかっただけよ」

ひざのかごをたたいてみせた。

「漁師《りょうし》のビヨルンのところへ行って、チーズとバターを交換《こうかん》してもらうの。母さんに魚を買ってくるように頼《たの》まれてるし、祖父《そふ》のエイリクは、夕食に焼きガニを食べたいっていうから」

チーズ！　バター！　焼きガニ！　ペールはゴクリとつばを飲みこんだ。ふいにおなかがぺこぺこなのに気がついて目をふせた。それを見て、ヒルデはペールがかわいそうになった。声に前より親しみをこめてこんなことをいった。

「でも、いつかあなたもここでの暮《く》らしが好きになれるよう、祈《いの》っているわ。叔父《おじ》さんたちだって、最初からそんなにつらくあたったりはしないでしょ？　そうだ！　これからはあなたに頼《たの》んで、麦をひいてもらおうかしら。うちのものだってわからなければ、むこうだっていやがらせはしないでしょう。きっとうまくいくわよ！」

「そんなことがぼくにできるわけがない」

ペールがきっぱりといった。そんなばかなことをしたら、こっちはとんでもない目にあうにちがいない。

「あら、冗談《じょうだん》よ！」

ヒルデがいらいらしていった。

「もちろん本気じゃないわ」

ヒルデはペールに視線《しせん》をむけながら、いぶかった。いったいこの子、どうしてこんなに生真面目《きまじめ》なのかしら。ペールの顔が赤くなった。ヒルデは手をふって別れを告げた。

「それじゃあまたね！」

少女が木の橋を渡《わた》っていき、丘《おか》をくだっていくのを見ながら、ペールは頬《ほお》をふくらませた。

「あんな子にどう思われようと、ちっともかまわない。そうだろう、ロキ？」

ペールはめいった気分で、ロキについてこいといって、中庭にもどっていった。

水車小屋の扉《とびら》は開いていた。朝日のなかに叔父《おじ》のひとりが、だらしない格好《かっこう》で立ってわきの下をかいていた。何やら思うところがあるように、ヒルデの背中《せなか》をじっと見つめている。ポニーは軽快《けいかい》な足どりで、村にむかっていく。叔父《おじ》はあごをつきだすようにして、ペールを自分のほうへ呼《よ》んだ。

「あの娘《むすめ》とむだ話をしていたのか？」

とがめるようないい方だ。

「うん、グリム叔父《おじ》さん」

思わず声が弱くなった。

いきなりはたかれた。頭のなかがガンガン鳴って、目に涙《なみだ》がにじんだ。

「そんなことで時間をむだにするな」

グリムがどやしつけた。

「おまえの時間はおれの時間だ。時《とき》は金《かね》なりっていうだろう。で、あいつは何を話してた？」

「むだ話はやめろっていうくせに、どうして話の中身《なかみ》を気にするのさ？」

ペールは耳をこすりながら、むっとしてきいた。

グリムがもう一度片手《かたて》をあげた。

「そうそう、おもしろい話をしたよ」

ペールが皮肉《ひにく》っぽくいった。

「ぼくの名前をきかれたから、教えてやった。あの子は自分の名はヒルデだといって、ぼくをこの谷へ歓迎《かんげい》するって、まるでここいら一帯が自分の土地みたいな感じでいった。おもしろくない？」

グリムは皮肉《ひにく》には気づいていないようだった。

「ほかには？」

ヒルデが水車小屋について語ったことをくりかえす気はなかった。何かほかのことをいわなきゃいけない。

「ああ、そうだ！　あの子のお父さんが今朝《けさ》出発したって。夏の間、バイキング船に乗って海に出てるんだって」

グリムの真《ま》っ黒《くろ》なあごひげが割《わ》れて、何ともいやな笑《え》みが浮《う》かんだ。茶色と黄色の歯がむきだしになっている。

「ほっほう！　そいつはいいことをきいた」

グリムは身をかがめて、ペールの顔に自分の顔を近づけた。臭《くさ》くて熱い息をはきながら小声でいった。

「おまえも、たまには役にたつもんだ」

そして背中《せなか》をのばして、どなった。

「バルドル？　おどろくな！　うちの小僧《こぞう》が、いい知らせをもってきたぞ！　ラルフ・エイリクソンがバイキング船に乗って出かけたんだとさ。家族を残してな」

背中《せなか》を強くたたかれて、ペールは足がよろけた。

「さあ、なかに入って朝飯《あさめし》を食いな！」

まずいことをいってしまったと気づいて心が重くなった。叔父《おじ》のあとについて水車小屋のなかに入っていったが、うしろからロキが小走《こば》りでついてきているのには気づかなかった。朝日が出ているというのに、小屋のなかは真《ま》っ暗《くら》で、グレンデルが火のそばで寝《ね》そべっているのしか見えなかった。グレンデルのほうは、ロキに気がついた。毛むくじゃらの地面が地震《じしん》でも起こしたかのように、いきなりグラリと立ちあがった。毛を逆《さか》だて、気どった足どりで前に進みでて、うなり声をあげる。

ペールはびっくりしてふりかえった。ロキがそこに立って、しっぽをふっている。しかし自信がなくなるにつれ、ふり方がだんだんゆっくりになっていく。体に残忍《ざんにん》な血が駆《か》けめぐっているグレンデルは、ロキのほうへのっそりと歩いていく。侵入者《しんにゅうしゃ》をにらみつけ、長いよだれをあごからたらしている。

「グレンデル、だめだよ！　おすわり！」

ペールが叫《さけ》んだ。

「おまえのいうことなんかきくもんか」

バルドルが小ばかにしたようにいって、テーブルのそばのいすから立ちあがった。ロキのしっぽは腹《はら》にぴったり張《は》りついて、もう外からは見えない。短い逆毛《さかげ》をたてて精一杯《せいいっぱいたい》対抗《こう》しようとしている。

「お願い――早くいってやって！」

ペールはロキの体をうしろへ追いたてて、扉《とびら》の外へ出そうとした。

「ロキは友だちなんだよって。頼《たの》むから、そういってふたりをちゃんと紹介《しょうかい》してやってよ」

バルドルは少しも急がずに、口のなかの食べ物を飲みこんでから、命令した。

「おすわりだ、グレンデル！」

巨大《きょだい》な犬は主人の顔をちらりと見て、ためらった。

「おすわり！」

バルドルが叫《さけ》んで、片手《かたて》でテーブルをバンッとたたいた。グレンデルがゆっくり腰《こし》をおろした。まだ興奮《こうふん》しており、頭をふって、つばきの泡《あわ》をペールに飛ばしてから、ようやく床《ゆか》に落ちついた。それでも目はまだロキをにらんでおどしをかけている。

「おい小僧《こぞう》、こっちへ来い」

バルドルはペールに声をかけると、自分用にもう少しチーズを切りとった。ビールをぐびぐび飲んで、ジョッキを前のテーブルに置く。置いた拍子《ひょうし》に、中味《なかみ》が少しこぼれた。ペールはしぶしぶ近づいていって、叔父《おじ》ののばした足の間に立った。バルドルはパンくずとチーズをあごひげにくっつけている。汚《よご》れたシャツは首のところが大きく開いていて、もじゃもじゃの真《ま》っ黒《くろ》な毛がのぞいている。そこからノミが一匹《ぴき》ぴょんと飛びだした。バルドルはそれを太い指の間でパチンとつぶした。それから指をシャツになすりつけて、またパンに手をのばした。

「見ろよ」

グレンデルのほうをあごでさした。

「こいつは、おれとグリムのいうことしかきかないんだ。わかったろ？　ほかの犬は大きらいなんだ。生まれながらの闘犬《とうけん》なのさ」

「気に入らん犬を半ダース殺した」

グリムが誇《ほこ》らしげにいった。

「自分の犬を五体満足《ごたいまんぞく》で置いておきたいなら、よくよく気をつけるんだな。おまえ自身、役にたつ人間になることだ」

バルドルはペールの目をまっすぐににらんだ。

「でないと、犬どうし、ちょっとした勝負が始まることになる。わかったか？」

ペールは理解《りかい》した。唇《くちびる》をぎゅっと結んで、あごだけで小さくうなずいた。

「よし！」

バルドルは音をたてておならをし、汚《きたな》いつめで歯をほじくりはじめた。

「さあそれじゃあ、ラルフ・エイリクソンのことを詳《くわ》しく話してもらおう」

そういって今度は奥歯《おくば》の臼歯《きゅうし》をほじくりはじめた。

「知らない」

ペールがぶすっといった。

「っていうか、よく知らないんだ！」

あわてていいなおした。

「その人の娘《むすめ》のヒルデからきいただけなんだ。お父さんが、今朝《けさ》ハンマーへイブンに歩いてむかった。夏の間バイキング船に乗ってるって。ぼくが知ってるのはそれだけ。それ以上のことはきかなかった。叔父《おじ》さんたちがもっと知りたいなんて思わなかったもの」

最後につけたした言葉が、何だかへつらうようでいやだった。

叔父《おじ》たちは互《たが》いに目配《めくば》せをしあった。バルドルは口から指を出し、両手をこすりあわせながら、上機嫌《じょうきげん》でくすくす笑った。それからペールのくるぶしを蹴《け》った。

「娘《むすめ》はそのあと、どこへ行ったんだ？」

「村にむかったよ。魚を買いに行くっていってた」

「帰り道におれが会ってやる」

バルドルがいって、ペールの胸《むね》に指をつきつけた。

「よく見張《みは》ってろ。もどってきたらおれのところへ必ずよこせ。わかったな？」

それからテーブルにむきなおった。ペールのこたえも待たず、パンのかびているはしっこを投げてきた。

「これを食って、さっさと仕事にかかりな。何をしたらいいのか、グリムが教えてくれる。とにかく、その娘《むすめ》をおれのところへ連れてくるのを忘《わす》れるな！」

第五章　水車小屋

靴《くつ》が濡《ぬ》れた砂《すな》に沈《しず》みこんだ。ヒルデは腕《うで》をこすりながら、太陽がもっと高くのぼってくれることを願った。あたりは寒々としていた。トロール山の影《かげ》が砂浜《すなはま》から水際《みずぎわ》にかけて落ちている。昨夜の雨とひいていく潮《しお》で、小石が濡《ぬ》れてつやつやしていた。冷たい灰色《はいいろ》の波が浜《はま》にうちよせて、しぶきをあげている。

「ニシンを六匹《ぴき》とカニを二匹《ひき》かい？　よし、取引成立《とりひきせいりつ》だ！」

ビヨルンが陽気にいった。

「大きなカニを二匹《ひき》見つけてやってくれ、アーネ！」

舟《ふね》の上で獲物《えもの》をよりわけている弟に、大声で呼《よ》びかけてから、ヒルデのほうにむきなおった。

「どうだい最近は？」

「そうそう、知らせなきゃ！」

ヒルデはめいった顔で口を開いた。

「父さんが海に出ちゃったの――ひと夏まるまるバイキング船に乗ってくるっていうのよ。ハンマーヘイブンで作られた船に」

ビヨルンがヒューッと口笛を鳴らした。

「おい、アーネ」

大声で弟を呼《よ》んだ。

「こっちへ来い、すごい話があるぞ！」

アーネは生きたカニを両手に一匹《ぴき》ずつ持って舟《ふね》からおりてきた。ヒルデは興味《きょうみ》しんしんの若《わか》い男たちに父のことを話すのが、何だかうれしく思えてきた――アーネの夢見《ゆめみ》るような青い目に、ぼうっと見つめられてはなおさらだ。

「ラルフのやつ、ついてたな」

アーネがうらやましそうにいう。

「おれにも話がまわってきてたらなあ。で、どんな船なんだい？」

「美しい船だって」

ヒルデがいった。

「船首についているドラゴンの頭は見事《みごと》な彫刻《ちょうこく》で、きれいに色が塗《ぬ》られているらしいわ」

「へえ、よく知ってるなあ」

ビヨルンが声をあげて笑った。

「全長はどのぐらいなんだ？　オールは何本ぐらいついてるんだろう？」

ヒルデにはわからなかった。

「水車小屋の男の子にきいてよ」

むくれていった。

「きっと知ってるはずよ――だってその子のお父さんが作ったんだもの」

「どんな子だい？」

「粉《こな》ひきのグリムソン兄弟の甥《おい》っ子《こ》よ。今朝《けさ》会ったばかり。父親が亡《な》くなったんで、そこへひきとられたの」

ビヨルンがまゆをあげた。

「あの兄弟が、みなしごをひきとったって？　いったいどんな子だ？」

「いい子よ」

あまり気持ちのこもっていないいい方だった。

「ちょっと、神経質《しんけいしつ》そうだけど」

「あの兄弟のそばにいたら、だれだってそうなるさ」

ビヨルンが声をひそめていい、それからひじで弟のあばらをつっついた。

「アーネ！　いつまでぼうっとしてる！　カニをこっちによこしな！」

ニシンと二匹《ひき》の生きたカニを布《ぬの》でしっかり包んでもらい、かごのなかに入れると、それでいっぱいになった。ヒルデはポニーに乗って、口笛を吹《ふ》きながら村を出ていった。山《やま》の端《は》に太陽が顔を出し、あたりはまぶしい光に輝《かがや》いていた。ふと父さんのことを思いだし、きょうは海に出るには最高の朝だと思った。きっと誇《ほこ》らしくて幸せな気分にちがいないわ！

元気いっぱいのヒルデだったが、水車小屋が見えてきたところで、その元気もしぼんでしまった。小屋は木立《こだち》の陰《かげ》に暗くうずくまっていた。いくら明るい春の陽射《ひざ》しのなかでも、ぼろぼろの柱や黒ずんでぬるぬるの屋根が美しく見えるはずがない。その下の小川の水は、われ先にと互《たが》いにもつれあい、白い滝《たき》のようになって流れていく。一刻《いっこく》も早くここから逃《のが》れたいという感じだ。このあたりには、幸せと呼《よ》べるものは、何ひとつよりつきそうになかった。

ヒルデは手綱《たづな》をぎゅっとつかんだ。水車小屋の大きな犬が、ポニーをおどしに出てきたら、すぐ逃《に》げるつもりだった。あのペールという少年がかわいそうに思えたが、ここで足をとめたくはなかった。ポニーを素早《すばや》く進め、できるだけ早く通りすぎようとした。橋にさしかかったところで、小屋のなかからペールが走りだしてきて、こっちにむかって叫《さけ》んだ。手をふっている。ヒルデは手綱《たづな》をひいた。

駆《か》けよってくるペールの顔は、青白くて、あわれになるぐらいだった。

「ごめんよ、ヒルデ。叔父《おじ》さんがきみと話をしたいって。来てくれる？」

ヒルデはポニーを中庭に入れた。グリムソン兄弟はふたりとも、戸口の踏《ふ》み段《だん》の上でのんびりしていた。威嚇《いかく》するように頭をかがめて立っている――まるで賞に入選した雄牛《おうし》みたい、とヒルデは思った。ペールは申《もう》し訳《わけ》ないと思いながら、自分は片側《かたがわ》に身をひそめ、ちらちらっと心配そうな視線《しせん》を叔父《おじ》たちに投げた。

「何の用かしら？」

ヒルデが自分からふたりに声をかけた。

「うちの小僧《こぞう》から話はきいた」

バルドルが高い声で、せせら笑うようにいった。

「親父《おやじ》さんが、出ていったそうだな。偉大《いだい》なるラルフ・エイリクソン――なんて思ってるのは、本人だけだが。そうなんだろう？」

「夏の間だけよ」

ヒルデが冷たくいいきった。

「冬が来る前に、バイキングのお友だちをたくさん連れて帰ってくるわ。だから、あたしに悪さをしようなんて、考えないことね、バルドル・グリムソン」

「バイキングだと！」

バルドルがいって、大げさにつばをはいた。

「おれならそんなばかなことは考えない。海なんてのは、危《あぶ》ないからな。嵐《あらし》、大岩、風下《かざしも》の暗礁《あんしょう》」

グリムが同意してうなずく。

「そうそう、ウミヘビもいるしな」

ヒルデはふたりの言葉をばかにして思いきり鼻を鳴らした。

「まあ、いまにわかるさ」

バルドルが兄に目配《めくば》せをしていった。

「やつは二度と家にはもどらない！」

「死んだも同然だ！」

グリムがいった。ふたりそろってのけぞり、体をゆすりながら、わざと大声で笑った。

「いいたいことはそれだけ？」

ヒルデがぴしゃりといった。ふたりは笑うのをやめた。

「伝言を頼《たの》む」

バルドルがとげとげしい声でいった。

「おふくろさんと――じいさんにな――」

太い人さし指をふりながら、ひと言ひと言、強調していう。

「トロール山には近づくな。あそこはおれたちの土地だ。めんどうを起こしたくなかったら、素直《すなお》にいうことをきけ。いいな？」

「ちょっとやそっとのめんどうじゃないぞ」

グリムがいいたした。

「だがな、おれたちの土地を買いとるって方法もある」

バルドルがずるがしこく提案《ていあん》した。

「売ってやってもいい――だれかさんの持ってる金のゴブレットとおんなじ値段《ねだん》でな！」

ヒルデの顔が真《ま》っ白《しろ》になった。

「あの土地の所有権《しょゆうけん》は、あんたたちにはこれっぽっちもないわ！」

思わず怒《いか》りが爆発《ばくはつ》した。

「そんなおどしにのるとでも思ってるの？」

バルドルがすぐそばまで近よってきて、ポニーの轡《くつわ》をつかんだ。

「どっちがいいか、母親にきいてみるんだな」

バルドルがささやいた。つばが飛んできて、ヒルデは思わず身をひいた。

「あの金のゴブレットをとるか、それとも静かな暮《く》らしをとるか？　土地はおれたちのもんだ。いいかげんにあきらめるんだな！　あそこで草を食《は》んでるヒツジは、うちの餌《えさ》を食ってるんだ！　ということは、ヒツジだってこっちのもんだ！　おまえも、おまえの家族もストーンメドウには一歩も足を踏《ふ》みいれるな」

バルドルが轡《くつわ》をひっぱると、ポニーがびっくりして頭をふりあげた。バルドルは大きく口笛を吹《ふ》いた。血も凍《こお》るような吠《ほ》え声《ごえ》とともに、グレンデルが水車小屋から飛びだしてきた。

「こいつらを見送ってやんな、グレンデル！」

グリムが叫《さけ》んだ。

ヒルデはポニーのたてがみをつかんだ。ポニーは中庭を猛《もう》スピードで走りぬけ、橋を渡《わた》り、丘《おか》を駆《か》けあがっていく。ヒルデはいまにも背中《せなか》から落ちそうになり、はずむかごを必《ひっ》死《し》におさえながら、思いっきり手綱《たづな》をひいた。おびえたポニーは、はねまわってから、鼻を鳴らしてとまった。ヒルデは横むきのまますべりおりた。ひざががくがくしていた。ふるえているポニーをポンポンたたいて安心させてやる。

「だいじょうぶ、もうあの犬は追いかけてこないわよ！」

ポニーはぐるぐる目をまわして、足を蹴《け》りあげた。小さな茶色の犬が茂《しげ》みから飛びだしてきた。ヒルデは髪《かみ》をふりはらい、背筋《せすじ》をのばした。

「あら、こんにちは！」

ヒルデが声をかけた。イバラの茂《しげ》った坂道を、だれかが必死《ひっし》にのぼってくる音がする。丘《おか》の斜面《しゃめん》を近道してのぼってきたらしい。枝《えだ》の間をかきわけて出てきたのは、ペールの汚《よご》れて青ざめた顔だった。

「だいじょうぶかい？」

息をつきながらきいた。

「ええ！——あなたに心配してもらわなくてもだいじょうぶ」

ぴしゃりといって、ペールをにらんだ。

「もしかして、あのふたりに——あのろくでなしたちに、父さんのことをしゃべったのはあなた？」

「そうなんだ」

ペールはみじめな気持ちでいった。

「きみに迷惑《めいわく》がかかるとは思わなかったんだ。そんなに大事な話だなんて知らなかった。ごめんよ、ヒルデ」

「あら、心配ないわ」

ヒルデはすぐに怒《いか》りを解《と》いた。

「あやまるのはやめて。あなたは何にも悪くないんだから。いずれはあのふたりの耳にも入ることだったのよ。こんな小さな村では、すぐにみんなに知れわたっちゃうから」

そういってかごの中身《なかみ》をたしかめた。とげとげのあるカニのハサミがひとつつきだしている。

「良かった。おじいさんのカニは無事だわ。あの兄弟が、あたしに何ていったか覚えてる?」

そういってヒルデが顔をあげた。

「ペール、どうして茂《しげ》みに隠《かく》れてるの? あたしがこわいの?」

ペールの顔が赤くなった。何もいえなかった。ヒルデはそんなペールをきつい目で見た。

「まあいいわ。とにかく、あのふたりがいったことを母さんに話してきかせたら、きっとおびえるわ。ああ、めんどうなことになっちゃった。ペール、あなたには悪いけど、あたしはあのふたりが大きらいよ！」

「ぼくだって同じだよ！」

腹《はら》がたってペールも思わず口をすべらせてしまった。

「どうしてぼくをひきとろうなんて考えたのか、ふしぎなくらいだよ。あのふたり、父さんのお金をぜんぶ自分たちのものにしちゃったし、ぼくにはよくわからないけど、何だかおかしなことをたくらんでるみたいなんだ。トロールとか、結婚式《けっこんしき》とか、そんなことをひそひそ話してた！　それに、いうことをきかないと、あのばかでかい犬をロキにけしかけるって、おどすんだ！　そんなことになったらロキは殺されちゃうよ」

「まあ、ひどい！」

ヒルデが叫《さけ》んだ。ロキにむかって指をパチンと鳴らすと、ロキが駆《か》けてきて、その手をくんくんかいだ。ヒルデに撫《な》でられるとロキは、ごろっとあおむけに寝《ね》っころがり、こっちも撫《な》でてというように腹《はら》を見せた。前足をあごの下に重ねて、うしろ足をのばしている。目を閉《と》じてうっとりしている。ヒルデはロキの胸《むね》をくすぐってやった。

「トロール、それに、結婚式《けっこんしき》？」

ヒルデがくりかえし、まゆをひそめた。

「わからないわ。だけどあのふたりの父親のグリムじいさんは、しょっちゅうストーンメドウの地面を掘《ほ》って、トロールの宝《たから》をさがしていたのはたしかよ」

「へえ、どうして？」

「うーん、長い話になるわ。時間はだいじょうぶ？　その前に、ひとつきいておきたいんだけど、あなたはどっちの味方《みかた》なの？」

「きみの力になりたいと思ってる」

みじめったらしいい方になってしまった。

「だけど、ふたりともぼくの叔父《おじ》だから、これからいっしょに暮《く》らしてかなきゃいけない。ぼくにはほかに、どこにも行くところがないんだ」

「バルドルとグリム！　おそろしい双子《ふたご》よ！」

ヒルデが生意気《なまいき》な口調《くちょう》で歌うようにいった。

「ブリッスル《とげとげ》とグリッスル《すじすじ》って名前にでも変えるべきよ」

ペールは鼻を鳴らして笑った。

「ブリッスルっていう雄豚《おすぶた》がいるんだ。そういえば、あのふたりにそっくりだよ――真《ま》っ黒《くろ》な毛におおわれてるんだ」

「太ってるところもいっしょね」

ヒルデがいいたした。

「そうそう。欲張《よくば》りで意地悪《いじわる》なところも！　朝に餌《えさ》をやらなきゃいけないいんだけど、そいつ、ぼくの手からバケツをつきおとしてさ、足を踏《ふ》みつけてくるんだよ」

「あなたの叔父《おじ》さんたちも、バケツから食べるとか？」

ヒルデがくすくす笑った。

「ああ、それがお似合《にあ》いだよ！」

ペールはにやりとした。何だか気分が晴れてきた。同じ年頃《としごろ》の子と冗談《じょうだん》をいいあって笑うのは、ほんとうに久《ひさ》しぶりだった。

「ふたりとも、まったくそっくりでしょ？　どっちがどっちだか、こんがらがることはない？」

「話をするとわかるんだ」

ペールはちょっと考えた。

「バルドルのほうが変《へん》な声で、よくしゃべるんだ。グリムのほうは口数《くちかず》が少ない。ぼくにガミガミいってくると、ああ、こいつはバルドルだってわかるんだ」

ヒルデは自分のすわっている横をポンとたたいた。

「すわりなさいよ。トロールのことを話してあげる。おもしろい話があるの。それも実話《じつわ》よ。何年も前、うちの父さんがトロール山をポニーで越《こ》えていたときに、たまたまトロールたちが宴会《えんかい》をしているのにぶつかったの。山のてっぺんが持ちあがっていて、それが赤い柱で支《ささ》えられていたの……」

ヒルデはそのときのことをペールに語ってきかせた。ラルフが最後に水車小屋に逃《に》げこんで、持っていた金のゴブレットに、叔父《おじ》たちの父、グリムが目をつけたことまで話した。

「母さんは、ゴブレットを不吉《ふきつ》なものって思いこんでるんだけど、たしかにグリムじいさんには不運を呼《よ》んできたわ。それから死ぬまで、じいさんはトロール山を毎日うろついて、トロールの門をさがすはめになったんだから」

「トロールの門って？　山のてっぺんが柱で持ちあげられてるっていわなかった？」

「たぶん山のてっぺんは特別なときしか、持ちあがらないのよ。でもふだんトロールたちが出入りする口は、山のどこかにあるはずなの。このあたりにはトロールがたくさんいるのよ。まるでネズミみたいにうようよね。それがあちこちからひょっこり出てくるの。どこだかわからないけど、グリムじいさんはそういったトロールたちが出入りする門を見つけたみたいね。ただし真冬《まふゆ》で、見つけてすぐ、その場に倒《たお》れてしまった。それから間《ま》もなく亡《な》くなっちゃったわ」

「それじゃあ、叔父《おじ》さんたちはその場所を知ってるってわけだ」

ペールが考え深そうにいった。

「だけど、それが何になるの？　トロールがそこから出てきて、はいどうぞ、ってふたりにプレゼントをくれるわけないでしょ」

ヒルデはまだロキのおなかをかいてやっている。

「ねえ、いつまでやってればいいの？」

「ああ、だまっていればずっとそうしてるよ」

ペールが笑った。

「でも心配だわ」

ヒルデが真顔《まがお》になっていった。

「叔父《おじ》さんたちがトロールと仲良《なかよ》くなるなんてことがないといいんだけど。そうなったら、あたしたちにとっては大問題よ。しっかり目をつけておいてね、ペール！」

「がんばってみる」

約束した。しかし、水車小屋のほうからどなり声がきこえてくると、ペールの顔はたちまち青ざめて、すぐに立ちあがった。

「もう行かないと」

「そうね」

ヒルデはペールが気《き》の毒《どく》になった。

「かわいそうだけど、とにかくあなたも気をつけてよ、ペール。あたしたちはもう友だち、そうでしょ？」

ヒルデも立ちあがり、握手《あくしゅ》の手をさしだしてきた。ペールは照れながらその手をにぎった。

「それじゃあ、またね！」

ヒルデがいってポニーに飛びのった。丘《おか》まで急いでポニーを進めていく。

ペールは水車小屋をめざして走った。ロキがその先を飛ぶように走る。中庭に着くと、叔父《おじ》たちは荷車屋と話をしていた。むっつりした感じの男は、水車小屋でひいてもらう、大麦の入った麻袋《あさぶくろ》をちょうどおろしたところだった。兄弟は互《たが》いの肩《かた》に腕《うで》をまわして立っている。

ペールがハアハア息をつきながらもどると、ふたりの頭がそろってこっちをむいた。まるでお話のなかに出てくるグロテスクな『双頭《そうとう》の巨人《きょじん》』みたいだった。おそろしい双子《ふたご》！ペールはヒルデの言葉を思いだしてにやりとした。そういえば水車小屋自体も醜《みにく》くて、まるで巨人《きょじん》の砦《とりで》だ。グレンデルはそれを守るモンスターだ。ばかでかい犬は、水車小屋の扉《とびら》のそばの、日だまりになった一角に寝《ね》そべって、大きな骨《ほね》をかじっていた。頭を持ちあげると、ロキにうなり声をあげた。ロキのほうは、その前をさっと過《す》ぎていき、納屋《なや》のすみで生意気《なまいき》そうに足を持ちあげた。

「細かくひいてくれよ」

荷車屋は路地《ろじ》に車を出しながら、車輪の音に負けないように大声を張《は》りあげた。

「さらさらの粉《こな》が必要なんだ。あした、とりにくるから、それまでに頼《たの》む」

おやっ、たまには客も来るのか！　ペールは思った。

「ついてるぞ、小僧《こぞう》」

バルドルがペールのほうをむいて、しわがれ声でいった。ペールはいぶかしげな目で相手をじっと見た。

「あわれなみなしごたちは、みんなこんなチャンスをねらってる。手に職《しょく》がつけられるんだ、うれしいだろうが？」

ペールは足もとをじっと見つめたまま、顔をあげなかった。

「粉《こな》のひき方を教えてやろうっていうんだ」

バルドルが続けた。

「グリムは農夫だが、おれはちがう——おれは粉《こな》ひきだ」

そこで誇《ほこ》らしげに胸《むね》をたたく。

「感謝《かんしゃ》してもらわんとな」

「感謝《かんしゃ》だって！」

ペールの胸《むね》のうちで、何かが燃《も》えあがった。

「感謝《かんしゃ》なんてするもんか！」

ふるえながら息をすった。

「父さんの金を横どりして、ぼくを奴隷《どれい》みたいにこき使って！　しかもぼくの名前さえ覚えてない！　だいたいあの女の子のお父さんの土地だって、勝手《かって》に自分のものだっていいはってるだけじゃないか。お父さんがいなくなったら、今度はそれも盗《ぬす》んで自分のものにしたいんだ！」

バルドルの、ハムと同じくらい大きなこぶしがいきなり飛んできて、なぐられた。気がつくと地面に尻《しり》もちをついて、ガンガン鳴る頭をかかえていた。逆《さか》らってやろうという意《い》気《き》ごみは、黒いつむじ風になって飛んでいってしまった。

軽い足音をたててロキが中庭をつっぱしってきた。歯をむきだして、バルドルの足にかみつくつもりらしい。グレンデルが戸口の踏《ふ》み段《だん》から音もなく立ちあがり、ロキめがけて飛んでいく。

「ロキ！」

ペールが叫《さけ》ぶ。ロキはうしろをちらっとふりかえった。グレンデルの姿《すがた》が目の端《はし》に入ったらしく、角を曲がったところで土煙《つちけむり》をあげて方向転換《ほうこうてんかん》した。ペールは足をがくがくさせながら立ちあがった。グレンデルは逆《さか》だった毛をもどし、さっきまでかじっていた骨《ほね》のほうへもどっていった。

「なかに入れ」

バルドルが何事もなかったかのようにいった。

「教えてやる。ようく見ておけよ。これからは、おまえにたっぷりやってもらうことになるからな」

「じゃあ、ギャッファーのところへ連れていかれるんじゃないんだ？」

考えもせずにいってしまった。

バルドルが、がばっとふりかえった。図体《ずうたい》がでかいわりに機敏《きびん》だった。

「何だと？」

おどすような声でいう。ペールは一歩さがって、素早《すばや》く考えをめぐらせた。

「グリム叔父《おじ》さんがそんなようなことをいってたんだ」

急いでうそをでっちあげた。

「いい子にして一生懸命《いっしょうけんめい》働かないと、ギャッファーのところへ連れていかれるぞって」

いかにもグリムがいいそうなことだった。

バルドルはすっかり信じてしまった。あのおしゃべり野郎《やろう》め、と小さな声で悪態《あくたい》をつくのがきこえた。ペールは首根《くびね》っこをつかまれ、地面から足が浮《う》いた。あごひげのもじゃもじゃに生えた唇《くちびる》が、耳に押《お》しつけられてきた。

「ギャッファーはな、トロール山の王様だ。険《けわ》しい岩山の下に住んでるんだ。そう遠くないところだ。いたずら小僧《こぞう》は、ギャッファーがばらばらにひきさいて食っちまうのさ。だからおまえも気をつけろってことだ！」

ペールは耳についたねばねばしたつばをこすりおとした。ほんとうなんだろうか。しかし考えている暇《ひま》はなかった。バルドルに水車小屋のなかに連れていかれた。きしむはしごをのぼって、石臼《いしうす》が置いてある屋根裏部屋《やねうらべや》にあがっていく。叔父《おじ》の大きな尻《しり》に頭をくっつけるようにしてあとをついていくと、暗くてほこりっぽい台の上に出た。光は、屋根のてっぺんについた通気用のよろい窓《まど》からわずかしか入ってこない。すぐ目の前の、床《ゆか》の中央には、石を上下にふたつ積みかさねた石臼《いしうす》があった。ちょうど荷車の車輪ほどの大きさの天然砥石《てんねんといし》で、まわりを鉄で縁《ふち》どりされている。

「立派《りっぱ》だろう！」

バルドルが肩《かた》で息をつきながら、上の石をたたいた。

「ものすごく重いのがわかるだろう。だが絶妙《ぜつみょう》なバランスでのっかっている。何で動くと思う？　水の力だ。しかし、水を調整するのはだれだ？　おれだよ、それが粉《こな》ひきの仕事なのさ！

川の流れはおれに従《したが》う。おれは水門を使ってそいつを思いどおりにする。おれが水門を開きさえすれば、水は水車をまわして、石臼《いしうす》を動かすしかないんだ。水の力、石の力。それをおれの機械がすべて支配《しはい》して動力に変える。だからおれは、この谷でいちばん重要な人間になるってわけだ。この水車がなかったら、おれはただの農夫だ。ほかのみんなやグリムと何も変わらなくなっちまう」

そういって、そんなことがあってたまるかというように首をふり、石臼《いしうす》をいとおしむように、またポンポンとたたいた。

「よし、始めるぞ！」

バルドルが背筋《せすじ》をのばして説明を始めた。

「おい、いいか？」

ペールは顔をあげ、その拍子《ひょうし》に頭を大きな木の箱の角にぶつけた。箱はじょうごのように、側面の板が斜《なな》めにすぼんでいて、頭上の梁《はり》から太い四本のロープで石臼《いしうす》の上に吊《つ》りさげられている。

「ホッパーだ」

バルドルがいった。

「ここに麦を入れると、ホッパーの底にあいている穴《あな》を通って出ていく。そしておれたちがシューと呼《よ》んでいる、この小さな皿の上に少しずつこぼれてくるわけだ。その皿がゆれながら、麦を上臼《うわうす》についてる穴《あな》のなかに落としていく。回転する上の石を回転石と呼《よ》ぶ。どうだ、わかったか？」

自分でもびっくりするほど、よくわかった。ペールは叔父《おじ》の機嫌《きげん》をとろうと、興味《きょうみ》があるふりをした。しかしほんとうは、それどころではなかった。おなかはぺこぺこで頭は痛《いた》いし、足もふらふらだった。

「みんながここに麦を持ってくるの？」

きいてみた。きっとヒルデは大げさにいってるだけで、ほんとうはここでもちゃんと石《いし》臼《うす》は動いているのかもしれない。

しかしバルドルは黒いまゆをよせて、顔をしかめた。

「じきにそうなる。もうラルフ・エイリクソンなんていう、疫病神《やくびょうがみ》もいなくなったわけだしな。あの野郎《やろう》、根も葉もないデマを飛ばしやがって——粉《こな》のなかにチョークを混《ま》ぜたとか、土を混《ま》ぜたとか……」

そういってこぶしをふりあげた。

「おれは谷いちばんの粉《こな》ひきになるんだ。もうひとつ羽根車《はねぐるま》を増《ふ》やして――石臼《いしうす》も、あともうひと組入れる！　きっと遠くからもききつけて、客がやってくるにちがいない！　しかしまずは――」

そこで言葉を切った。まるでペールにはきかせたくないことをうっかり口走《くちばし》りそうになったみたいだ。

「しかしまずは」

今度は声の調子を変えていった。

「ホッパーに麦を入れるんだ、小僧《こぞう》。時間はかぎられてるんだからな！」

麦の入った麻袋《あさぶくろ》を丸ごと持ちあげてホッパーのなかに入れるのは、ペールにはとても無理だった。不機嫌《ふきげん》にうなりながら、バルドルがそれをやることになった。袋《ふくろ》を持ちあげると、太い腕《うで》に筋肉《きんにく》が盛《も》りあがり、きらきらした麦は難《なん》なくホッパーのなかに落ちていった。それからペールは外に連れだされた。水門を開けて羽根車《はねぐるま》をまわす方法を教えこまれるのだ。

外はだんだんに暗くなっていた。太陽は沈《しず》み、小川のそばは寒かった。ペールは叔父《おじ》のあとをついて貯水池《ちょすいち》にむかいながら、途中《とちゅう》心配そうに、ロキの姿《すがた》をさがした。日が沈《しず》んだあとは、水がふだんよりずっと意地悪《いじわる》そうに見えた。かすかな風が水面をふるわし、木々が悲しいため息をついた。ヒルデがいっていたおそろしい話はほんとうなのだろうか？　とにかくロキが、暗い水辺から離《はな》れていますようにと、それぱかりを願った。

バルドルは平然として小道をずかずか歩き水門まで行って、ペールに木のハンドルを見せた。それで水門を開けたり閉《し》めたりするのだ。バルドルは狭《せま》い道板《みちいた》の上に立ち、軽々と水門を上にひっぱりあげた。水門の両側には大きな木の杭《くい》が一本ずつたっていて、その杭《くい》の溝《みぞ》に板が張《は》ってある。板が上下すると、水門の下から水が勢《いきお》いよく吹《ふ》きだしてきた。あたりにものすごい音をとどろかせながら流れる水に、巨大《きょだい》な黒い水車が命を得て、ゆっくりと動きはじめた！　水車の大きな水かきが絶《た》え間《ま》なく水をかいていくようすをペールはうっとりと見つめた。

「すごい！」

つぶやきがもれた。

バルドルに耳をつねられ、いきなり現実《げんじつ》にもどった。

「次はおまえがひとりでやれ」

バルドルがいった。

「それから、日が沈《しず》んだあとは、このあたりをうろつくんじゃないぞ。さもないとグラニー・グリーンティースにおそわれるぞ」

ああ、やっぱりこの男でも気にするんだ！　ペールは皮肉《ひにく》なことを思った。

「グラニー・グリーンティースってだれ？」

ペールは耳をこすりながら、きいてみた。

「池の底に住んでるばあさんだ。そいつのおかげで、このあたりじゃあ、ろくな魚がとれない。夜になると浮《う》きあがってくるらしい。気をつけるんだな！」

ペールは水車小屋にもどる道すがら、うしろをふりかえってみた。あたりはもう、真《ま》っ暗闇《くらやみ》に近い。

あれっ、あそこの草。木陰《こかげ》でふわふわゆれてるのは何だ？　グラニー・グリーンティースがどろのベッドから起きだして、髪《かみ》を広げているんじゃないか？

水面をうつ音がそっときこえた――魚？　ペールは叔父《おじ》のあとを急いで追いかけた。夜のそよ風が茂《しげ》みをさらさらいわせている――ただの風だ――しかし、カサコソいう足音と、ハアハアいう息づかいをきいたとき、ペールはパニックになった。グラニー・グリーンティースにあとをつけられている！　こんな不気味《ぶきみ》な場所だ、もっと別の化け物だってひそんでいるかもしれない。

大また歩きのバルドルはもうずいぶん先に行ってしまっていた。ペールは走って叔父《おじ》に追いつこうとした。

すぐそばのイバラの茂《しげ》みから、枝《えだ》の折れる音がして、何かが飛びだしてきた。もう少しで心臓《しんぞう》がとまりそうだった——しかし、出てきたのはロキだった。

「ロキ！」

ほっとしてフーッと息をはいた。

「おどかすなよ！」

やっと主人を見つけて安心したロキは、体をぷるぷるっとゆすって、しっぽをはげしくふった。ペールはロキを抱《だ》きしめてやった。

「さあ、行こう」

いっしょに中庭に走っていった。

バルドルはすでに家のなかに入っており、自分用にパンとソーセージの軽食を用意していた。

「その犬をどっかへやれ」

ペールに命令した。

「おまえはこれから雑用《ざつよう》だ。家畜小屋《かちくごや》を掃《は》いて、豚《ぶた》に餌《えさ》をやれ。あとはグリムのところへ行って、何をやったらいいかきいてこい」

「バルドル叔父《おじ》さん」

ペールは弱々しい声でいった。

「ぼく、もうおなかがぺこぺこだよ」

「仕事が終わるまでは、ひと口だって食わせないぞ」

バルドルがきっぱりといった。

「ここではぜいたくと怠《なま》けは厳禁《げんきん》だ」

そういいながら、パンの大きなかたまりを口に入れ、そのあとからソーセージを丸ごとつめこんだ。

第六章

ドブレ山の物語

谷を二キロほどあがったところでは、ヒルデが家族といっしょに夕食を食べていた。焼きガニの香《こう》ばしいにおいが暖《あたた》かい部屋のなかに満ちている。料理を頬張《ほおば》ったまま、ヒルデはきょう一日のできごとを家族に報告《ほうこく》していた。エイリクとグードルンがまゆをひそめながら真剣《しんけん》な面持《おもも》ちできくかたわらで、シグルドとシグリドは子ネコと床《ゆか》で遊んでいる。

グードルンが首をふった。

「だから父さんが出ていくのを、あれほど反対したのよ！」

心配で、思わず声が大きくなった。

「何千回いったかしれない。グリムの息子《むすこ》たちとのことを何とかしないとってね。けど、きくと思う？　まったくのんきなんだから。そこがあの人のこまったところなのよ」

「そうね」

ヒルデがまたパンに手をのばしていった。

「それじゃあ、あの金のゴブレットをやってしまったらどう？」

母親にむかって片方《かたほう》のまゆをあげてみせ、にやっとする。

「あたしが死んだってそんなことはさせないわよ！」

グードルンが即座《そくざ》にいった。

「別に自分がほしいわけじゃない。けど、あれはあの人の誇《ほこ》りだし、喜びなの。それをとりあげるなんて、このあたしが許《ゆる》さない」

「そういうと思ったわ。それじゃあ、今後はあたしが、ストーンメドウをちょくちょく見《み》張《は》りに行くっていうのはどう？　ヒツジを盗《ぬす》まれないように、目を光らせておく必要があるでしょ？」

「ばかなことをいうのはよしなさい！」

グードルンがぴしゃりといった。

「あの兄弟や、獰猛《どうもう》な犬と行きあったらどうするの？　おまえに何ができるっていうの？」

「だいじょうぶよ！」

ヒルデがいった。

「別にけんかをするつもりはないわ。ただうちの家畜《かちく》がいなくなったときに、ちゃんとそれを知っておいたほうがいいでしょう。それに、ペールっていう最近仲良《なかよ》くなった友だちがいうには、あの兄弟、何か良からぬことをたくらんでいるらしいのよ。どうやらトロールと関係があるみたいだって。ふたりが話をしているのをきいたんだって――」

「その子はほんとうに気《き》の毒《どく》ね」

グードルンが口をはさんだ。

「エイリクおじいさん、できましたよ。好物の焼きガニを召《め》しあがれ！」

エイリクはうれしそうにテーブルに着き、両手をこすりあわせて、皿からたちのぼる焼きガニの香《こう》ばしい蒸気《じょうき》をすいこんだ。

「ああ、おまえは、えらい子だな。わしにこんなに大きなカニを選んできてくれて」

「ねえ、おじいさん、あたし、トロール山にあがってみたほうがいいと思わない？」

ヒルデは祖父《そふ》にも訴《うった》えた。胸《むね》を張《は》って、髪《かみ》をふりはらい、まるで自分こそ山を監視《かんし》して家を守る責任《せきにん》があるといいたげだ。

「まあな」

エイリクが口を開いた。身のたっぷりつまったカニのつめをナイフの先でつついている。

「ヒルデ」

グードルンがきっぱりといった。

「母親のあたしが許《ゆる》さないわよ。おまえにそんなことをさせたら、心配で気がおかしくなるわ！　ラルフに任《まか》せておけばいいのよ。家に帰ってきたらちゃんと片《かた》をつけてくれるからね。それまでは、水車小屋やトロールには近づくんじゃないわよ！　めんどうはもういやですからね」

「わかったわよ」

ヒルデが不満げにいった。

「どうせ、あたしは平凡《へいぼん》でつまんない人生を送るしかないのよ。きっとそうでしょうよ！　だけどね、みんながそんなふうじゃ、勇者も伝説も生まれないのよ！　何かわくわくすることが起きないかなって、あたしだって思うときがあるのよ！」

「わくわくすることなら、すぐそこにあるじゃないの」

グードルンが深皿のなかを干《ひ》からびたパンの耳でぬぐいながらいった。

「乳《ちち》をしぼりに行っておいで。もうとっくに終わってていいはずよ」

ヒルデは立ちあがり、いわれたとおりにした。むしゃくしゃしてしょうがない。何ひとつい方向へ進んでいかないような気がしていた。それでも一歩外へ出ると、すがすがしい春の宵《よい》に気持ちが晴れてきた。すでに太陽は沈《しず》んでいるものの、広々とした西の空はまだ光をたたえていた。ヒルデは村のなかで、これだけ高い場所に自分の家があるのがうれしかった。あたりはほんとうに静かだった。遠くでヒツジが鳴いている。そのほかには、すぐそばで牛が口を動かす音と、ポニーが草を食いちぎる音しかきこえない。ヒルデはバケツとほかの道具を手に、牧草地《ぼくそうち》をあがっていき、家畜《かちく》たちのいるところへむかった。草の露《つゆ》で靴《くつ》が濡《ぬ》れていく。そこへ、いきなり音がひびいてきて、ヒルデはびっくりした。金《かね》のバケツにミルクがしぼりだされる音。そして、大きなハチが飛んでいるような荒《あら》っぽい鼻歌。ヒルデの全身に鳥肌《とりはだ》がたった。急いで駆《か》けていくと、そこに毛深いトロールの小さな姿《すがた》があった。牝牛《めうし》のボニーの横にしゃがみ、銅《どう》のバケツのなかに乳《ちち》をしぼっているのだった。

「どきなさい！」

ヒルデがバケツをふりまわしながら叫《さけ》んだ。牝牛《めうし》は頭をふりあげ、ぐるっとむきを変えた。トロールはバケツをひったくって、丘《おか》の斜面《しゃめん》を飛びはねるようにして走っていった。そして、黄昏《たそがれ》の光のなかにすぐに消えてしまった。ヒルデは息をつきながら、腰《こし》に両手をあてた。

「何てずうずうしいのかしら！　こら、ボニー」

今度は牝牛《めうし》をしかる。

「あんたもばかよ。トロールにだまって乳《ちち》をしぼらせているなんて」

牝牛《めうし》は、関係ないわとでもいうように、鼻を鳴らした。体を撫《な》でてやると、じきに落ちついてきた。しかし乳《ちち》のほうは、ほとんどトロールがしぼってしまって、バケツの底にはほんの少ししかたまらなかった。せいぜいコップ一杯《ぱい》ほどだ。家の戸口まで来ると、母親の声がした。

「ヒルデ、入ってくるときにほうきをいっしょに持ってきてちょうだい」

「ほうきって、どの？」

「そこにあるでしょう？」

グードルンが出てきた。

「おかしいわね、扉《とびら》のすぐそばに置いたはずなんだけど」

グードルンがいらいらしだした。

「ほうきがなきゃ、仕事にならないわ……ミルクはたったそれっぽっち？」

グードルンはヒルデの話をきいてますますいらいらを募《つの》らせた。

「ほうきもきっとやつらが盗《ぬす》んだのよ」

ヒルデがいった。

「ほら、あたしがいったとおりでしょ？　やっかいごとは次々と降《ふ》ってくるんだから」

「まったく小ずるいやつらだ！」

エイリクがバケツのなかをのぞきこんでいった。

「ネズミより性質《たち》が悪い。息子《むすこ》がここにいたら、やつらもわしらに盗《ぬす》みを働こうなんてあつかましい真似《まね》はしないだろうに！」

「これからますます手に負《お》えなくなりそうだわ」

グードルンが心配そうにいった。

「この老《お》いぼれじゃ、役にたたんな」

エイリクの声は暗い。

「若《わか》い頃《ころ》は、わしのまわりで悪さをするようなやつは、片《かた》っぱしから投げとばしたもんだがのう。納屋《なや》になど、いっさい手をつけさせんかった。それがいまじゃ、このざまだ。だれもわしをこわがりなどせん」

「何ですよ、お義父《とう》さん！」

グードルンがやさしくたしなめた。

「ダメダメ、そんなことをおっしゃっちゃ。あたしたちはお義父《とう》さんがいないとほんとうにこまるんですよ——知恵《ちえ》を授《さず》け、助言してもらわないと」

「助言とな！　女は人の話なんてきかないもんだろう」

エイリクが冷やかした。しかし、うれしそうだった。

「おじいさんがいないと、お話だってきけないもん！」

シグリドが床《ゆか》の上からかん高い声でいった。エイリクは自分のいすの横に腰《こし》をおろし、シグリドのおさげ髪《がみ》を節《ふし》くれだった老人の手でひっぱった。

「またひとつ、きかせてやろうか？　何の話がいい？」

「トロール！」

シグリドがすぐにいった。

「よしよし、トロールの話はこのあたりに山ほど伝わっておる。わしらはトロール山の目の前に住んでるんだからのう。だがな、きょうはひとつ、ここじゃない別の場所のトロールについて話してやろう。ずっと北のほうにあるドブレ山。荒《あ》れはてたその山にもやっぱりトロールがたくさん住みついておってな。わしらの山よりもっと多いだろう。いろんな種類のトロールがいるんだよ。きいたところによると、巨人《きょじん》のトロールもいるらしいぞ！」

「あんまりこわがらせないでくださいよ！」

グードルンが小さな声でいった。エイリクはだいじょうぶというように、片目《かため》をつぶってみせた。

「巨人《きょじん》だって！」

シグルドとシグリドがエイリクのひざに体をぎゅっと押しつけた。

「ああ、そうだよ」

エイリクがしたり顔でうなずいた。

「このあたりのトロールは小さいのばかりだが、そっちのトロールは小さいのから大きいのまでいろんな大きさのがいてな。この話に出てくるトロールは、女巨人《おんなきょじん》だ。男よりちょっと背《せ》が高い！　それがまた、美しかったんだ――」

「美人のトロールなんて変《へん》よ！」

シグリドがいって、ケラケラ笑った。

「ああ、黄色の長い髪《かみ》をしていて、しっぽがこれまた長くて素敵《すてき》で、うれしいことがあると、キュンキュンふるんだ。そのトロールが人間の若《わか》い農夫と結婚《けっこん》した。結婚式《けっこんしき》でもうれしそうにしっぽをふっていたらしい」

グードルンとヒルデも、いまでは声をあげて笑っていた。

「いや、そこだけはわしの作り話だ！」

エイリクは目をきらっとさせていった。

「だが、隣人《りんじん》や友人は若《わか》い農夫を責《せ》めた。トロールと結婚《けっこん》するなんてどうかしてるっていってな。みんないやがって花嫁《はなよめ》にはいっさい話しかけなかったし、家を訪《たず》ねることもなかった。トロールの嫁《よめ》さんのほうは、いつでも家のなかをぴかぴかに掃除《そうじ》してたというのに、一日中家のなかにひとりっきりでいて、とても寂《さび》しかったんだ」

「かわいそうね」

シグリドがいった。

「そんなことないよ。トロールと結婚《けっこん》するなんてばかみたい」

シグルドがいいかえす。トロールと結婚《けっこん》するなんてばかみたい」

エイリクがもったいぶっていった。

「さてさて、それからどうなっただろう」

「しばらく、そんな毎日が続いてたんだが、ある日花嫁《はなよめ》の父親が家に訪《たず》ねてきた。ドブレ山の地下からやってきた荒々《あらあら》しいトロールでな。背《せ》は娘《むすめ》よりも大きい。すわってしくしく泣いている娘《むすめ》を見て、父親が心配してきいた。『いったい何があったんだ?』ってな」

そこでエイリクは語る声にすごみをきかせた。

「『夫《おっと》のせいか? もしやつがおまえにつらくあたったら、わしが手足をもぎとってやるからな!』と父親はいった。ところが娘《むすめ》は、『ちがうのよ。夫《おっと》のせいじゃないの。近所の人たちがあたしを避《さ》けて、だれも遊びに来てくれないの。毎日、ずーっと寂《さび》しくって！』といってまた泣きはじめた。父親は腕《うで》まくりをし、『わしについてこい』と、娘《むすめ》を家から連れだした。『ちょっとボール遊びでもしようじゃないか。おまえが投げるか？　それとも父さんが投げようか？』っていってな。娘《むすめ》は父親が何をしようとしているのか、わかっていたから、『だめよ父さん。父さんが投げてよ、あたしがとるから』といった。それで、父親のトロールはドシンドシン音をたてて、村じゅうを歩きまわった。家という家から次々と人を追いだし、ひとりずつつかまえては、大きな屋根のむこうに放りなげたんだ。むこう側では娘《むすめ》が待っていて、落ちてきた人たちを受けとめて、地面にそっと立たせてやり、ほこりをはたいてやった。そうやって村の全員を屋根のむこうに投げおわると、父親のトロールが娘《むすめ》のいる側にまわっていった。少しだけ息を切らしながら、おびえる人たちにむかってこういった。『今後うちの娘《むすめ》にはできるだけやさしくしてやるんだな。さもないと、またボール遊びが始まるぞ――ただし次は娘《むすめ》のほうが投げる。キャッチするのはこのわしだってことを、ようく覚えておけ！』」

グードルンとヒルデがくすくす笑った。シグリドはぽかんとした顔をしている。

「よくわかんない」

「父親のトロールが、ちゃんと人間たちを受けとめると思う？」

ヒルデがシグリドにいってやった。

「わかった！」

シグリドの顔がぱっと明るくなった。

「みんな、落としちゃうんでしょ！」

「食べちゃうかもね」

シグルドがうれしそうにいった。

「そうなんだ！」

エイリクがうなずいた。

「そのあと、信じられないかもしれないが、近所の人たちはトロールの嫁《よめ》さんに、すごく親切になったんだ。毎日訪《たず》ねていっては、花や菓子《かし》、かごに盛《も》った卵《たまご》なんかを置いていく。それからトロールの嫁《よめ》さんは、うれしそうにしっぽをふりながら、末永《すえなが》く幸せに暮《く》らしましたとさ。これがドブレ山に伝わるトロールの物語だ」

最後ににっこり笑って話をしめくくった。

「寝《ね》る時間よ」

グードルンが双子《ふたご》にいった。

「ああ、おじいさんの孫で良かった」

ヒルデがいってぎゅっと祖父《そふ》を抱《だ》きしめた。

「素晴《すば》らしい詩人、立派《りっぱ》な語《かた》り部《べ》よ！」

「それにしても、まいったわね」

グードルンが頭をふった。

「一日のうちに、グリムソン兄弟とトロールの両方にいやな目にあわされるなんて！　この先いったいどうなるのかしら？　ヒルデ、これからは早いうちにボニーの乳《ちち》をしぼるのよ。トロールに先を越《こ》されないようにね。今夜は子どもたちに、水を飲んでもらうしかないわね」

父さんはいま頃《ごろ》どうしてるのかしら、とヒルデは思った。きょう心配したさまざまなことが、頭のなかによみがえってきたのだ。ペール・ウルフソンのお父さんとはちがう。あの父さんはどうなってきたのだ。何とかやっていかなきゃ。ああ、かわいそうに！　ペールはあんな水車小屋で暮《く》らしたくないでしょうに。いま頃《ごろ》どうしてるかしら？

ペールはその頃《ころ》、ひとりでわびしい夕食をとっていた。叔父《おじ》たちは、玉ネギひとつ、かびたチーズの小さなかけら、干《ひ》からびたパンをいくらかと、いやなにおいのするソーセージの切れっぱしをペールにやると、どこかへ出かけてしまった。水車小屋のなかにペールをひとり残して。しかしいまはロキがいっしょだった。叔父《おじ》たちはグレンデルも連れていったからだ。ペールはそれがうれしかった！　ロキは手足を存分《ぞんぶん》にのばして、火のそばに寝《ね》そべって、幸せそうに目を閉《と》じている。ペールはその横の丸いすにすわった。

水車は長い眠《ねむ》りから覚《さ》め、生きかえったように、うるさい音をたてている――いそがしく粉《こな》をひいているのだ。家じゅうの、何もかもが小刻《こきざ》みにゆれていた。古いほこりが舞《ま》いおち、クモの巣《す》が壁《かべ》の上でふるえている。屋根裏部屋《やねうらべや》では、石臼《いしうす》の縁《ふち》からあふれてきた細かい麦の粉《こな》が、木の台の上に雪のように降《ふ》りつもっている。ときどきあがっていって、粉《こな》を掃《は》きよせ、袋《ふくろ》のなかに入れていくのがペールの仕事だった。いやな仕事だった。屋根裏《やねうら》部屋《べや》には暗い影《かげ》が落ちている――壊《こわ》れた機械につまずいて、いつ足首の骨《ほね》を折るかわからなかった。虫食いだらけの古びた植込歯車《うえこみはぐるま》は、半分ほど歯が欠けている。壁《かべ》には古い石臼《いしうす》もたてかけてある。何しろ音が不気味《ぶきみ》だった。まるで黒い心臓《しんぞう》のように、一定のリズムで水をたたく水車の音。さらに機械のきしる音、シューが麦をふるいおとす音に、回転する石臼《いしうす》のこすれる音が混《ま》じる。

ペールはソーセージをためしにかじってみたが、やっぱりロキにやることにして、あたりに目を走らせた。まだおなかはすいたままだというのに、食べるものは見つからない。

テーブルの上には、汚《よご》れた皿や、果物《くだもの》の皮や、パンのくずが散らばっていて、それらには手を触《ふ》れないことにした。火のそばには、叔父《おじ》が深皿に入れておいた冷えた粥《かゆ》があったが、あまりおいしそうではなかった。

いずれにしろ、あれはニースのだろう。グレンデルでさえ、手をつけずに置いてある。だけどそんなものを食べなくても、あの貪欲《どんよく》な犬はとっくに満腹《まんぷく》のはずだ！

その夜はグリムがほとんど料理をし、ベーコンのスライスを炒《いた》めていた。兄弟ふたりでそれをむさぼり、鍋《なべ》に残った脂《あぶら》も新しいパンの大きなかたまりでぬぐっていた。グリムのひざのそばでよだれをたらしていたグレンデルは、カリカリのベーコンの端《はし》切《き》れを数枚《まい》もらった。ペールは寒いすみっこのほうでおなかをすかせて、それをじっと見ていた。勇気をふるいおこして、叔父《おじ》にきいてみた。

「グリム叔父《おじ》さん、ぼくにもベーコンをもらえる？」

「ベーコンは、子どもの食べるもんじゃない」

グリムがまばたきもせずにいった。

「夜、眠《ねむ》れなくなるぞ」

バルドルがいった。脂《あぶら》でべとべとになった指を太った赤い舌《した》でぺろぺろなめている。

「夢《ゆめ》でうなされるしな」

グリムがいった。

「血がどろどろになる！」

バルドルもいう。

「ベーコンは子どもには栄養がありすぎるんだ」

今度はふたりで声をそろえていった。

ペールはひと切れももらえなかった。いいにおいに口のなかにつばがたまってくる。グレンデルは最後のひと切れを食べおわり、べたべたになったあごをなめとっている。

「よしよし、グレンデル」

グリムがやさしい声を出しながら、犬の耳をかいてやる。

「主人に忠実《ちゅうじつ》な、立派《りっぱ》な犬だ！」

グレンデルの重いあごが割《わ》れて、にやにや笑いがもれた。ペールを横目で見ながら、心のなかでこういっているようだった。

〈どうだい？　ここじゃあ、おれは人気者だぜ〉

ペールは落ちつかなげに立ちあがり、部屋のなかをさがしまわった。叔父《おじ》たちは出かけたが、何時に帰るともいっていかなかった。どこだか知らないが、おそらく飲みに出かけたのだろう。父さんの金の隠《かく》し場所《ばしょ》をさぐるなら、いまが絶好《ぜっこう》のチャンスだ。

屋根裏部屋《やねうらべや》に続くはしごの両わきに、木箱がいくつか置いてあった。ペールは叔父《おじ》たちが帰ってくる足音がしないかどうか注意しながら、ふたをひとつひとつ開けていった。ほとんどは空《から》っぽで、底のほうに麦の汚《よご》れた粉《こな》が少し残っているだけだった。ある箱には、古びた革《かわ》の馬具《ばぐ》がもつれて入っていた。最後のひとつは開かなかった。大きな南京錠《なんきんじょう》がかかっていて、ふたがしっかり閉《し》まっていた。

「きっとこれだ!」

ペールはつぶやき、ふたをガタガタやってみたが、むだだった。炉《ろ》のそばで、ロキがふしぎそうに、頭を半分持ちあげてこっちを見ている。

「まちがいないよ、このなかだ」

ロキに声をかけるものの、だからといってどうすることもできなかった。そろそろ屋根裏部屋《やねうらべや》にあがって、粉《こな》を袋《ふくろ》につめる時間だ。しかたなく、ぐらぐらするはしごをのぼっていった。ほんとうはずっとロキのそばにいたかった。石臼《いしうす》のまわりには、思ったとおり、ひきあがった粉《こな》がたくさん積もって、柔《やわ》らかな山を作っていた。ペールは小さな木のシャベルを使って袋《ふくろ》のなかに粉《こな》をすくって入れていった。つま先立ちになって、ホッパーのなかをのぞいてみると、もう麦は少ししか残っていなかった。バルドルは、ペールがひとりで持ちあげられるように、半分まで麦のつまった袋《ふくろ》を置いていった。それをホッパーのなかに注ぎいれるのだが、回転する石臼《いしうす》に触《ふ》れないように注意する必要があった。終わってほっとして、はしごをおりようとすると、下から突然《とつぜん》、けたたましい吠《ほ》え声《ごえ》があがってきた。ロキだった。半狂乱《はんきょうらん》になって鳴きたてている！

ペールはびっくりして足をとめた。まさか叔父《おじ》たちがもどってきたはずはない。それなら吠《ほ》えちゃいけないことぐらいロキだって知ってる。泥棒《どろぼう》か？　あるいは村人が単に水車小屋を訪《たず》ねてきただけかも。しかしそれにしては時間が遅《おそ》すぎる。外は真《ま》っ暗《くら》だ。屋根裏《やねうら》部屋《べや》の縁《ふち》から下を見おろしてみると、ロキが毛を逆《さか》だててうなり、興奮《こうふん》してしっぽをふっていた。そして、いきなり上に飛びあがり、頭上にある何かにむかってかみついた。それから数歩あとずさりして、さらにまた上をむいて吠《ほ》えている。何かが梁《はり》の上にいるらしい。

ペールはほっとしてはしごをすべるようにおりた。

「ロキ、静かにしろ！」

きびしくしかった。

「ネズミぐらいで何だ」

ロキはペールを無視《むし》して、相変《あいか》わらずうなっている。

「わかったよ。それじゃあ、火のそばの暖《あたた》かい場所をぼくがとっちゃうからな！」

そういって汚《きたな》いイグサのマットの上に腰《こし》をおろし、火に手をかざした。あくびが出てきた。叔父《おじ》たちが帰ってくるまで起きていなければならなかったが、ふいに眠気《ねむけ》におそわれた。まぶたが落ちて、頭がたれてきた。ところがロキがまた吠《ほ》えだしたので、びくっとして目が覚《さ》めた。

「いいかげんにしろよ、ロキ！」

いらいらしてきた。ロキは申《もう》し訳《わけ》なさそうにちらりとこっちを見たが、相変《あいか》わらず同じ姿勢《しせい》のままじっと上をにらんでいる。

ペールの頭がふたたびたれてきて、まぶたが落ちてきたとき、きき覚えのある小さな声がきこえてきた。

「おいらの足が見えるかい？」

くすくす笑っている。ふたたびロキがはげしく吠《ほ》えたてた。まるでバネの上にのっかっているみたいに、ぴょんぴょん飛びはねている。

ペールの目がぱちっと開いた。消えかかった火明かりではよく見えなかったが、大梁《おおばり》の一本に、何かがすわっているのがわかる。小さな足が一本、梁《はり》からぶらぶらしていた。古びた灰色《はいいろ》のストッキングを履《は》いているような細い足が、ロキの頭の真上《まうえ》でからかうようにゆれていたのだ。

「おいらの足が見えるかい？」

またからかう声。ロキは怒《いか》りを爆発《ばくはつ》させ、飛びはねながら吠《ほ》えまくっている。

「ロキ、やめろ！」

ペールは立ちあがってロキをつかまえると、鼻面《はなづら》を手でおおって、吠《ほ》えさせないようにした。ロキは前足でペールをたたき、頼《たの》みこむようにクンクン鳴いている。

「ばかだな、あれはニースだよ。だからもうだまれって！」

ロキを放してやってから、梁《はり》の上をにらんだ。もう足はひっこんでいた。梁《はり》の上でひざをかかえているニースの姿《すがた》が暗がりのなかにぼんやりと浮《う》かんでいる。

「やあ、きみだね！」

ペールが声をかけた。

「せっかくからかって遊んでたのに、邪魔《じゃま》するなよ」

ニースがふくれた。

「ごめんよ。だけど、うるさくて」

ニースは梁《はり》の上でこそこそと体を回転させてこっちに背《せ》をむけた。

「今夜のお粥《かゆ》はどうだった？　バターが入っていたかい？」

ペールが機嫌《きげん》をとるようにきいた。ニースはすぐに反応《はんのう》してきた。

「おいらは知らないよ、ペール・ウルフソン。やつら、入れてくれたのかい？　よし見てこよう」

ニースはきびきびした足どりで梁《はり》を渡《わた》り、大きなクモのように壁《かべ》を伝っていった。ペールはおもしろそうにそのようすをながめた。ニースはちょろちょろ走ってテーブルに乗りうつり、下におりると、粥《かゆ》の入った深皿に近づいていった。頬《ほお》ひげが生えていて、ばかでかい手には、節《ふし》くれだった長い指がついている。みすぼらしい灰色《はいいろ》の服と見えたのは、もともと体の一部のようだったが、頭には赤い帽子《ぼうし》をかぶっていた。ロキは不満げにあとずさっていき、部屋のすみの冷えた場所に、ひとり背《せ》をむけて横になった。

ニースは深皿を持ちあげ、粥《かゆ》をすすっている。

「冷めてる！」

苦々しげにつぶやく。

「やつらの冷たい心のように、冷えきって、どろどろ固まってる」

それから指をつっこんで、かきまわし、最後に汚《きたな》らしく残った粥《かゆ》を指ですくいとると、まずそうになめた。

「バターは入ってた？」

ペールがきくとニースは首を横にふった。

「さあ、次は家事だ！」

ふいにニースがいいだした。

「ペール・ウルフソン。おいらはこれからひと仕事しないといけない！　食いもんをもらった以上、働くのは当然だ！　しかし、きちんとやる必要はない。まあ見てろよ！」

ペールはたちまち目が釘付《くぎづ》けになった。小さなニースが自分の体より大きなほうきを持って部屋のなかをバッタのように飛びまわり、細かいほこりを雲のように舞《ま》いあげていく。クシュン、クシュンと大きなくしゃみをしながら、テーブルの上から皿を片《かた》づけ、骨《ほね》をバルドルの枕《まくら》の下に入れた。皿はグリムのシャツで磨《みが》き、干《ひ》からびたパンの耳やパンくずは、グリムの持っているいちばん上等な鹿革《しかがわ》のブーツのなかに捨《す》てた。ベーコンの皮の切れっぱしは、床《ゆか》に落とし、目の前に落ちてきたそれをロキがうさん臭《くさ》そうに食べている。そんな感じで、大きな陶器《とうき》のパン壺《つぼ》にはひびが入ってしまった。しあげに、木のスプーン三本と、フライパンをグリムの藁《わら》のマットの下にきちんと片《かた》づけた。

「さすがだ」

ペールがいった。

「部屋が見ちがえるようにきれいになった！」

ニースがキーキー声をあげて笑った。

「いつもこんなふうに片《かた》づけてるの？」

ペールはききながら、きっときょうだけ特別にぼくに見せようとしているのだろうと思った。

「あのふたりが怒《おこ》りだすことはないの？」

「やつらに何ができる？」

ニースがきいてきた。

「ペール・ウルフソン。おいらは欲張《よくば》りじゃない。ただ粥《かゆ》のなかに、ちょびっとバターが入ってりゃいいんだ。ハチミツをちょろっとたらしてくれるだけでもいい。それだけで、おいらは俄然《がぜん》やる気になるっていうのに」

そこでニースの視線《しせん》がすっとよそへ動いた。ロキが寝入《ねい》っているのを見て、ニースがこっそりそっちに近づこうとする。しっぽをひっぱってやろうという魂胆《こんたん》なのだろう。

「やめてよ！」

ペールがあわてていった。

「ところで、叔父《おじ》さんたちはどこへ行ったんだろう？　きみならきっと何でも知ってるよね」

お世辞《せじ》をつけくわえるのを忘《わす》れなかった。

「ストーンメドウに行ったのさ！」

ニースは長い指を唇《くちびる》にあて、また忍《しの》び足《あし》でロキのほうへ近づいていった。

「お願いだから、そっとしといてやって！　そうだ、ストーンメドウって、きいたことがある。どこなんだい？」

ニースはふくれて、ロキにちょっかいを出すのをあきらめた。

「トロール山だよ」

かみつくようにいった。

「トロール山？　ぼくはまた、酒を飲みに行ったのかと思ったよ。そんなところでふたりは何をしてるんだい、ニース？　トロールと話をしに行ったのかい？」

ペールは知りたくてたまらなかった。

ニースは横目でペールをじっとにらんだ。

「お願いだから、教えてよ」

ペールが頼《たの》みこんだ。

「前にふたりがトロールのことを話してるのをきいたんだ。ぼくをその――ギャッファーのところへ連れていくとか何とか。きみはそのギャッファーって知ってる？　トロールの王様なの？　あと結婚式《けっこんしき》のこともいってた。きみはそれについて何か知らない？」

ニースはあくびをした。あからさまな質問《しつもん》をたてつづけにされて、いらいらしていた。

タターッとすみのほうへ走っていって、屋根から吊《つ》りさがっている大きなはかりのところまで行き、片方《かたほう》の皿に飛びのった。皿はほとんど動かなかった。ニースはその上にすわり、体をそっとゆらすばかりで、うしろを見ようとはしない。

ペールはきき方がまずかったのに気がついた。疲《つか》れていたし、いらいらしていたけれども、やっぱり気になってしかたなかった。ああ、いくらかでもバターがあったらなあ。それをやれば、機嫌《きげん》を直して話してくれるかもしれない。そこでふとヒルデのことを思いだした。あの子に少しわけてって、頼《たの》んでおけば良かった！

「ニース！」

そっと声をかけてみた。

「きみはとっても頭がいいと思うよ」

ニースがフンと鼻を鳴らした。

「バターをたくさん持ってる友だちがいるんだ。今度会ったときに、その子に頼《たの》んでみるよ。きみのためにバターの大きなかたまりをもらってくる」

ニースの体がぴくっと動き、はかりがゆれた。

「だから仲良《なかよ》くしてよ、ニース。ぼくら友だちだろ」

声がふるえてしまったので、そこで言葉を切った。友だちは、ペールがいまいちばんほしくてたまらないものだった。それでも、この気難《きむずか》しい小さな生き物を相手にするのはとてもやっかいだった。

ニースは折れて、こっちをむいた。皿の上にすわって足をぶらぶらさせながら、背中《せなか》の鎖《くさり》にもたれかかって、はかりをゆらしている。

「いったい何が知りたい、ペール・ウルフソン」

えらそうにいった。

「ええとね――」

ペールは何からきいていいかわからなかった。

「結婚式《けっこんしき》って何？」

「ああそれか！」

結婚式《けっこんしき》ときいて、ニースがものすごく興奮《こうふん》した。

「盛大《せいだい》な結婚式《けっこんしき》さ！　冬至《とうじ》にやるんだよ。トロール山の王ギャッファーが、息子《むすこ》を結婚《けっこん》させるんだ――相手はだれだと思う？」

「わからないよ」

ペールがいった。

「いいから、あててみな！」

ニースがしつこくいってきた。

「わかるわけないって」

ペールがゲラゲラ笑った。

「教えてよ」

ニースは役者がよくやるように、ひと呼吸《こきゅう》置いてからひそひそ声でいった。

「ドブレ山の王の娘《むすめ》さ！」

そういってふんぞり返った。

「ほんとに？」

ペールにもわかってきた。ドブレ山というのは、北のほうにある荒涼《こうりょう》とした山だ。そこにトロールが住んでいるのも知っていた。

「ということは――それってすごく重要な結婚式《けっこんしき》になるってこと？」

ニースがうなずいた。

「みんなが行くんだ、ペール・ウルフソン。もちろん結婚《けっこん》するのはいちばん上の娘《むすめ》じゃない。ドブレ山の王には、たくさんの子どもがいる。けど、なかでも、今度結婚《けっこん》する娘《むすめ》がいちばん美人らしい。長女のほうにはしっぽが二本しかないからね。すごい宴会《えんかい》になるぜ！」

ニースはわくわくするように身をくねらせ、指の関節をポキポキ鳴らした。

「きみも出席するの？」

ペールがきいた。

ニースの顔が元気をなくした。

「さあね。料理も酒も好きなだけ、たっぷりふるまわれるらしい。あふれる音楽のなかで、みんなが踊《おど》る。赤い柱で山のてっぺんを支《ささ》えるんだ――なのにあわれなおいらは、まだ招待《しょうたい》されてない」

「だけど、時間はまだたっぷりあるじゃない。結婚式《けっこんしき》は冬至《とうじ》なんだから。何だかきいてるだけでわくわくするな。でもそれがどうしてバルドル叔父《おじ》さんとグリム叔父《おじ》さんに関係があるの？」

ニースは忍《しの》び笑《わら》いをして、ひょろりとした指で鼻先をたたいた。

「こんな真夜中《まよなか》にふたりはトロール山で何をしてるのさ？　トロールを訪《たず》ねに行ったのかな。そうなの？」

「真夜中《まよなか》は、トロールにとっちゃ、真昼間《まっぴるま》なのさ」

ニースが小ばかにするようにいった。

「グリムソン兄弟が昼間《ひるま》に扉《とびら》をノックしたらどんな返事が返ってくると思う？　いびきだ

よ」

「なるほどね。けど、だいたいトロールに何の用があるのさ？」

ニースは話に飽《あ》きてきて、もぞもぞしだした。

「宝《たから》だよ」

そういってあくびをした。ピンクの舌《した》と、小さくとがった歯が丸見えになった。ネコみたいだ。

「トロールの金《きん》？　それなら知ってる。だけどおかしいよ」

ペールはどうにも納得《なっとく》できない。

「だってトロールが叔父《おじ》さんたちにすんなり金《きん》を渡《わた》すと思う？　そんなわけないじゃないか」

はかりがかたむいて、ニースが大きな声でキーキーいいだし、リスみたいに飛びあがって梁《はり》の上に消えた。それと同時に扉《とびら》の外で重い足音がひびいた。掛《か》け金《がね》がはずされ、ロキがバネのように立ちあがった。バルドルとグリムがどかどかと入ってきて、ブーツにこびりついたどろを落とす。部屋のなかに冷たい夜気《やき》が水のように流れこんできた。ふたりとも機嫌《きげん》が悪く、むっつりしているようだった。グレンデルはふたりのすぐうしろを大またで歩いてくる。ロキを見てうなり声をあげ、ロキは戸口のへりに身をこすりつけるようにして、外へ飛びだしていった。

ペールはびっくりしてあわてた。バルドルがペールの耳をつかみ、戸口までひっぱっていくと、外へ蹴《け》りだした。

「こののらくら者め、少しは役にたて。いますぐ水車をとめてこい」

「だけど叔父《おじ》さん、ぼく、どうやっていいかわからないよ」

ペールは閉《し》まりかけた扉《とびら》にむかって大声でいった。

バルドルがあと数センチのところで、扉《とびら》をとめた。

「貯水池《ちょすいち》に行って、水門の板をおろしてくればいいんだ。決まってるだろ。それが終わったら納屋《なや》で寝《ね》な。この扉《とびら》をノックしたりするなよ。もう夜も遅《おそ》いんだからな！」

そして扉《とびら》がぴしゃりと閉《し》まった。

第七章 グラニー・グリーンティース

中庭は寒かった。もう真夜中《まよなか》をとうに過《す》ぎている。天《あま》の川《がわ》が頭上で輝《かがや》き、納屋《なや》の屋根に星が落ちてきそうだった。ペールはぶるぶるふるえ、両腕《りょううで》で胸《むね》をおおった。外で待っていたロキが横に来て、心配そうに顔を見あげる。

「何があったんだろう？」

ペールがロキにつぶやいた。

「何だか機嫌《きげん》が悪そうだっただろ？　トロール山の王様とあんまりうまく話がつかなかったんだろうな。だけどぼくらにあたることはないじゃないか。水門をさげろ！　だなんて。何時だと思ってるんだ？」

ペールの歯がガチガチいい、ロキが小さく鳴いた。いったいどっちのほうがよりおそろしいだろう。バルドル叔父《おじ》さんに逆《さか》らうのと、ひとりで真《ま》っ暗《くら》な貯水池《ちょすいち》に行くのと。

「せめて、おまえだけでも納屋《なや》にいなよ」

ペールはロキの首輪をつかんで、ずるずるひっぱっていった。暗い納屋《なや》のなかに押《お》しいれてやり、おすわりといった。ロキの目が闇《やみ》のなかで光り、もう一度小さく鳴いた。

「ここにいろ！」

ペールがきっぱりといった。

「おまえまで危険《きけん》な目《め》にあわせるわけにはいかないんだ！」

扉《とびら》をぴしゃりと閉《し》めると、くるっとむきを変えて中庭を行き、木の橋をめざした。水車は静かな夜に大きな音をたてて、休むことなく動いていた。水面を切りさき、かきまわしていく水車の羽根《はね》。水をしたたらせる牙《きば》のような羽根《はね》が、星空の下で光っている。ペールは数秒の間、橋の手すりから身を乗りだして、あたりを見守った。そうやって何とか勇気をふるいおこして先へ進もうとしていた。

目の端《はし》で、黒い影《かげ》が動き、ペールは鞭《むち》でうたれたようにそちらをむいた。心臓《しんぞう》がバクバクしだした。だが、すぐに落ちついた。だれかが夜遅《よるおそ》くに家に帰るところらしい。黒っぽい服を着て頭にスカーフを巻《ま》いた女の人が、少しつらそうに、橋にむかってとぼとぼ坂をあがってくる。補助《ほじょ》に杖《つえ》をついていた。ペールはほっとした。だれでもいいから人間の姿《すがた》を見ることができて良かった。

女の人は橋の手すりにつかまろうとして手をのばしたところで、ペールに気づいて足をとめた。むこうが緊張《きんちょう》しているのに気づいて、ペールのほうからやさしく声をかけた。

「だいじょうぶですよ。ぼくは――すぐ近くの粉《こな》ひきの少年ですから！」

「粉《こな》ひきの少年！」

女の人はびっくりしたかのようにくりかえした。

「その少年が、こんな夜遅《よるおそ》くに、ここで何をしてるんだい？」

「水門を閉《し》めなきゃいけないんです」

ペールが説明した。

「おやまあ！」

女の人はまじまじとペールの顔を見た。ペールには暗すぎて相手の顔がよく見えなかったが、星の光にぎらぎらする目だけは見えた。

「なるほどね、しかしこんな夜中のことだ。それは大人の粉《こな》ひきが自分でやる仕事だろうが」

非難《ひなん》するようにいった。

「でかい図体《ずうたい》をした男が、自分のかわりにこんな子どもを送りだすなんて。あんたはいくつだね？」

「十二歳《さい》です」

ペールがあごを持ちあげていった。

「それで、こわくないのかね？　貯水池《ちょすいち》には、グラニー・グリーンティースがいるっていうだろう」

「ちょっとは」

ペールが認《みと》めた。

「だけど、やらないと叔父《おじ》たちに怒《おこ》られるんです」

「それじゃあ、おまえさんは、あのふたりのほうがこわいってわけだ」

女の人が怒《おこ》ったようにうなずいた。

「バルドル・グリムソンとグリム・グリムソンかい！　まあ、見てるがいいさ。あたしが本気を出したら、いまに後悔《こうかい》する」

暗い水車小屋にむかって指をふってそういい、それからまた、ペールのほうにむきなおった。

「心細いなら、あたしがいっしょに行ってやるよ」

ペールはためらった。相手の女の人には、どこか薄気味悪《うすきみわる》いところがあった。しかし、お年寄《としょ》りには失礼があってはならないと父さんからいつもいわれてたし、断《ことわ》るにしても、どうやって切りだせばいいのかもわからなかった。それにたしかに、だれかがそばにいてくれれば心強い。ただしこの夜中に、水門までのでこぼこ道を、足をひきずったお年寄《としょ》りに歩かせるのは申《もう》し訳《わけ》ない気もした。ペールはご婦人《ふじん》に、しゃちほこばった小さなお辞儀《じぎ》をしてから、腕《うで》をさしだした。相手はくすくす笑って、ペールの腕《うで》をとり、せき払《ばら》いをひとつした。

「いい子だね、あんたは！　立派《りっぱ》な紳士《しんし》じゃないか。そのマナーはグリムソンたちから学んだんじゃないね。名前は？」

「ペール・ウルフソンです」

腕《うで》に老女の冷たいつめがつきささってきて、ペールはちょっとひるんだ。なぜだか生臭《なまぐさ》いにおいが強くした。体が近づいたせいだろうか――ほんとうはこんなに近づきたくなかった。服は湿《しめ》っていて、カビが生えているような感じ――何ともいえない湿《しめ》っぽいにおいをあたりに漂《ただよ》わせている。

しかし連れがいるのはありがたかった。流水路《りゅうすいろ》を過《す》ぎながら、ひとりで来てたらきっとおそろしくてたまらなかったろうと思った。水をたたく水車の羽根《はね》とはげしい水の流れに頭がくらくらしてきた。吹《ふ》きつけてくる冷たい風は、たぶん水車から来ているのだろう。

雑草《ざっそう》や濡《ぬ》れた石、真《ま》っ黒《くろ》な水かすのにおいがどんどん強くなっていく。石につまずいて体がかたむくと、女の人が支《ささ》えてくれる。腕《うで》を自分のわきにしっかりかかえてくれるのだ。その体はひんやりして、たくましかった。

貯水池《ちょすいち》の土手《どて》にたどりつくと、女の人はペールの腕《うで》を放した。ペールはひとりで狭《せま》い通路をじりじりと進んで水門の上まで来た。池は真《ま》っ暗《くら》で、水面がどこにあるのかもわからない。ペールはでこぼこした道板《みちいた》の上を慎重《しんちょう》に歩いた。ここにも手すりがあればいいのにと思いながら、水門のハンドルをぎゅっとつかんだ。たしか、単純《たんじゅん》な雨戸《あまど》のようになっていたはず。楔《くさび》を何本かはずして、下に押《お》しさげるだけだ。手さぐりで、楔《くさび》を見つけた。なかなか抜《ぬ》けず、抜《ぬ》けたと思ったらひとつは水のなかに落としてしまった。それでも何とかぜんぶはずして、全体重をハンドルにかけて押《お》した。水の勢《いきお》いに負けないように力いっぱい水門の板をおろす。まるで巨大《きょだい》な黒い水のモンスターを相手に、その首を切りおとそうというような感じだ。板はさがり、ガタンといってとまった。水車の回転がゆっくりになり、巨大《きょだい》な羽根《はね》から水がしたたりおちるのが見える。低い音をたてながら、水車はようやく回転をとめた。水がしぶきを散らしながら、堰《せき》の上をはげしく流れていく音だけが耳にひびいた。

「よくやったね」

老婦人《ろうふじん》が腕《うで》をのばして、道板《みちいた》をおりる少年に手を貸《か》してやろうとした。ペールはその手をとったが、悲鳴をあげてすぐに放した。老女のじとじとした手――それは濡《ぬ》れていて、水かきがついていた。

遅《おそ》い月がのぼってきた。視界《しかい》がぐっと開け、目も暗がりになれてきた。老婦人《ろうふじん》は道板《みちいた》の端《はし》で杖《つえ》にもたれながらだまって立っている。長いスカートとケープは湿《しめ》っているのではなく――濡《ぬ》れているのだとわかった。どうしてそんなに濡《ぬ》れたんだろう？　ペールの首のあたりで毛が逆《さか》だった。あやしい。婦人《ふじん》は腕《うで》をあげて、頭のスカーフをとった。ざばっと雑草《ざっそう》が顔にたれさがった。にんまりと笑った口もとからは、星明かりの下でも先のとがった歯がはっきり見えた。ペールのふたつのひざががくがくぶつかり、水門のハンドルの上で手がふるえた。まったくぼくはどうかしてる。目の前にいるのは、まぎれもないグラニー・グリーンティースじゃないか！

まるでこっちの心を読んだかのように、婦人《ふじん》がこっくりうなずいた。

「そうさ！　まったくあの粉《こな》ひきの兄弟は、無茶《むちゃ》をしたもんだよ。自分たちのかわりにこんな子どもをよこすんだからね！　おまえさんにとっては災難《さいなん》だった！　しかしあのふたりは、いつかあたしがこらしめてやるからね」

ペールはつばを飲みこもうとした。口のなかがからからだった。老女はまだじっと立っていたから、そこを通りぬけることもできない。水の上の狭《せま》い道板《みちいた》の上に立《た》ち往生《おうじょう》してしまった。

「あっ――歩けるなんて」

気がついたらかすれた声でそういっていた。

「貯水池《ちょすいち》のなかに住んでいるのだとばっかり――それでたまに、あがってくるぐらいだって」

相手はくすくす笑った。まるで夜中に小川が石の上を流れていくみたいな声。

「ちがうんだよ！　夜はしょっちゅう散歩に出ることにしてる――いろんな姿《すがた》になってね。水車小屋の扉《とびら》をたたくことだってあるんだよ！　あのふたりはそりゃあ、こわがるんだ！」

それからペールのほうをじっと見た。

「すぐにわからなかったのは、お気《き》の毒《どく》さま。どうしたら見わけられるか、教えてやろうか？」

相手が身を乗りだしてきたので、ペールは身をひいた。

「川をにおわせるような印に気をつけるんだ」

低い声でささやいた。

「水のしたたる服のすそや、床《ゆか》についた濡《ぬ》れた足跡《あしあと》とかにね」

ペールはうなずいて、大きく目を見張《みは》った。グラニー・グリーンティースが身をひいた。十分こわがらせることができてもう満足だという感じ。

「あの粉《こな》ひきは、まったくいやなやつだ！　まるで自分が水を支配《しはい》してるみたいに思って、水車の自慢《じまん》ばっかり！　だが、いまこそやつをこらしめてやる。おまえをあたしがもらっていくんだからね」

「だっ、だめだよ！」

ペールがどもりながらいった。足がぶるぶるふるえるので、水門の杭《くい》にしがみついて体を支《ささ》えた。真《ま》っ黒《くろ》な水がすぐそばまで迫《せま》ってきているように思える。

「お願いだから、かんべんして――それに、ぼくがいなくなったって、叔父《おじ》さんたちは痛《いた》くもかゆくもないんだよ。どっちもね。ふたりが大切なのは、あのグレンデルっていう犬だけなんだから！」

「そうなのかい？」

グラニー・グリーンティースはしばらく考えている。ペールはふるえながら待った。ようやく口を開いたかと思ったら、先のとがった三角の歯を見せて、ぞっとするような笑いを浮《う》かべた。

「それじゃあ、その犬、グレンデルを使うとするかね。口のなかにリンゴを押《お》しこんで、ドブレ山の王の娘《むすめ》に贈《おく》ってやろう。あの娘《むすめ》はあたしの友だちでね。冬至《とうじ》に結婚式《けっこんしき》をあげるから、宴会《えんかい》の料理にでもしてもらうさ！　だがね、あんたは気をつけなよ！　あの粉《こな》ひき、良からぬ計画を練っているらしいからね」

「どんな計画？」

ペールは必死《ひっし》にきいた。

グラニー・グリーンティースは、いかにもおばあさんらしい（とペールは思っているのだが）、くどくどしたしゃべり方になってきた。両手を杖《つえ》にのせてよりかかっている。

「ちょっとしたうわさが広まってるだろう？」

くすくす笑う。

「あたしは何でも知ってるんだよ。トロール山を流れる川は、みんなあたしの川に流れこむんだからね！　粉《こな》ひきのグリムが死んだんだ――そのときは、いいやっかい払《ばら》いができたと思ったよ。あの一家はどいつもこいつもいやなやつばかりだからね――ところが、その息子《むすこ》たちが、トロールの門のありかを知っちまった。そうしたらほうっておくわけがないさね！　来る日も来る日も門をたたいてねえ――金がほしいんだよ。しまいには賄賂《わいろ》まで渡《わた》す始末《しまつ》。上等の白パンを何斤《きん》も持っていき、あたしの川から盗《ぬす》んだマスまで献上《けんじょう》したんだよ。なのに、こっちには何にもよこしゃしない！」

グラニー・グリーンティースは何か苦いものでもかんだかのように、口をゆがめて、つばをはきだした。

「それがずっと続いたもんだから、ばかの執念《しゅうねん》は岩をも通すってなわけで、トロール王のほうもさすがにこまったらしい。だって朝から晩《ばん》まで門をたたかれ、大声をあげられるんだからね。そうだろう？　それで、何か難題《なんだい》をふっかけて追いはらおうと思ったんだ。王からふたりに、こんな言葉が送られてきた——うちの息子《むすこ》が冬至《とうじ》に結婚《けっこん》することになっている。未来の花嫁《はなよめ》には、男の子の奴隷《どれい》を婚約《こんやく》のプレゼントとして渡《わた》したい。そいつを調達してくれれば、ほうびに金を授《さず》けよう！」

グラニー・グリーンティースは、意地悪《いじわる》そうにペールのほうにうなずいた。

「というわけで、あんたが連れてこられたんだよ。血をわけたじつの叔父《おじ》が、かご一杯《ぱい》の金のために、甥《おい》っ子《こ》を売りわたそうっていうんだから、とんでもないやつらだよ！」

ペールはグラニー・グリーンティースの言葉に息をのんだ。頭がくらくらしてきた。

「で、あんたはまんまとそんな手にのるような子じゃないよね？」

グラニー・グリーンティースがおだてるようにいう。

「年老いたグラニーを助けてくれるだろ？　バルドル・グリムソンは金を手に入れて、

もっと大きな水車小屋をたてるつもりなんだ。あたしの貯水池《ちょすいち》に、もうひとつ水車を作ろうっていうんだ。あんなやつ、すぐに水の底に沈《しず》めてやるよ！　ところが、やつは用心深《ようじんぶか》い。あたしにねらわれてるって知ってるんだよ」

「お願いだよ。ぼくを行かせて！」

「でも、いったいどこへ行こうっていうんだい？　奴隷《どれい》になる気なんてないだろう？　そりゃ当然さ。だったらペール、あたしといっしょにおいで」

ペールにむかって両腕《りょううで》をさしだし、低く歌うような声でささやく。まるで夏の小川のせせらぎみたいだ。

「連れていってやるよ――たっぷりかわいがって育ててやる――しっかりめんどうみるからさ。ほかにだれを頼《たよ》ろうっていうんだい？　うちには永遠《えいえん》に眠《ねむ》っていられるベッドもあるよ。水の下に来てゆっくりお休み。その疲《つか》れきった骨《ほね》をじっくり休めればいい」

腐《くさ》ってむっとするような水のにおいがだんだんに強くなってきた。貯水池《ちょすいち》の水面から白い霧《きり》がふわっとたちのぼり、柔《やわ》らかな渦《うず》を作って道板《みちいた》の上にあがってきた。そしてペールのひざでやさしく渦《うず》を巻《ま》いた。ペールは歯《は》の根《ね》があわず、頭がふらふらしはじめた。もう橋も水も見えない。導《みちび》かれるままに水のなかに入っていくのが、何だかとてもかんたんに思え、柔《やわ》らかな霧《きり》のなかにいまにも落ちていきそうだった。たぶんそれがいちばんいいことなのかもしれない。

「そうだよ、それがいちばんいいんだ」

グラニー・グリーンティースが水の流れるような柔《やわ》らかな音をたてて応《おう》じた。

遠くで犬の吠《ほ》え声《ごえ》がする。ロキ？　ペールはまばたきをして、ふいに目を大きく見開いた。老女の顔をまじまじと見る。

「だめだ！」

ゆっくりといった。

「ぼくにはロキがいる。だから、行かない！」

風が鳴った。霧《きり》が吹《ふ》きはらわれて、ヤナギのなかに消えた。

グラニー・グリーンティースがペールにむかってうなずいた。

「見かけ以上に強い子だね、ペール・ウルフソン。きょうのところはやめておくよ」

そっといった。

「でも待ってるからね。いつかきっとあたしが必要になる。そのときは声をかけておくれ。すぐに行くからね！」

そういって杖《つえ》を投げすてた。すると着ていた服が体にぴったり張《は》りつき、背《せ》がぐんぐんのびて体がつるつるになっていった。それから二回体をふるわすと、横ざまに地面に倒《たお》れ、足を蹴《け》りあげていたが——それもおさまって、バタバタしなくなると——ペールの足ぐらいの太さの巨大《きょだい》なウナギとなって、とぐろを巻《ま》いてぬらぬら光った。頭を持ちあげると、よく光る細い目でこっちを見て、バネ仕掛《じか》けの罠《わな》のようなあごをぱくっと開けた。それから土手《どて》をずるずるとすべり、真《ま》っ黒《くろ》な水のなかに波をたてながら入っていった。

ペールは一瞬《いっしゅん》もむだにしなかった。すぐさま全速力で駆《か》けだし、道板《みちいた》を渡《わた》って小道にもどった。木の枝《えだ》がそでにひっかかり、顔がぴしぴしたたかれた。木の橋を踏《ふ》み鳴《な》らしてひたすら走り、納屋《なや》のなかにころげこむようにして駆《か》けこむと、必死《ひっし》の思いで扉《とびら》を閉《し》めた。それから藁《わら》のなかに飛びこみ、ロキの体をつかんでぎゅっと抱《だ》きしめた。数時間たってもふるえがとまらないような気がした。

「ロキ！　ねえ、ロキったら！」

それしかいえなかった。ロキは心配そうにペールの顔をぺろぺろなめる。しばらくするとペールの口から、ひきつった笑い声がもれてきた。

「とにかく、食われずにすんで助かったよ。けどロキ、これからどうしよう？　叔父《おじ》さんたちは、ぼくをトロールに売りとばす気だよ。山の奥底《おくそこ》に連れていかれるんだ！」

落ちついてくるにしたがって、もっとはっきり考えられるようになってきた。

「だけど、あわてることはないんだ」

自分にいいきかせる。

「結婚式《けっこんしき》は冬至《とうじ》までない。あしたにでも逃《に》げなきゃならないって、わけじゃない」

けれどグラニー・グリーンティースがうそをついたってことはないか？　そんなことはない。ヒルデだって似《に》たようなことをいっていた。グリムソンの兄弟はトロールの宝《たから》を手に入れるために、何かたくらんでいるって。そしてふたりはトロール山の入り口を知っている。盗《ぬす》むのはあきらめたはずだ——トロールの警備《けいび》は固い。やつらをだますことなんてできやしない——それでかわりに、物々交換《ぶつぶつこうかん》に応《おう》じることにしたんだろう。トロールの金と交換《こうかん》に、じつの甥《おい》をさしだすつもりなんだ！　ペールの胸《むね》に熱い怒《いか》りがこみあげてきた。ぼくから金を巻《ま》きあげ、家を売り、半分奴隷《どれい》のようにこき使い、犬以下に扱《あつか》った。そして今度は売りとばそうなんて！

「何とかしないと！」

暗い納屋《なや》のなかで叫《さけ》んだ。雄牛《おうし》たちが、家畜小屋《かちくごや》のなかで身じろぎしながら、むしゃむしゃ口を動かしている。止まり木のメンドリたちは、ペールのひとり言をうるさいとでもいわんばかりに音をたて、羽根《はね》を逆《さか》だてている。ペールには、メンドリたちが身内《みうち》だとは思えなかった。自分勝手《じぶんかって》であつかましい生き物だった。いつの間《ま》にか黒いオンドリのいいなりになって、こっちには見むきもしない。それどころか、ばかにされているようだった。

ペールはもう一度ロキを抱《だ》きしめた。

「このお調子者《ちょうしもの》の裏切《うらぎ》り者《もの》め！」

メンドリたちに大声でいってやった。

「おまえたちの卵《たまご》なんて腐《くさ》ってしまえばいいんだ！」

すると、ショックを受けたようなかん高い声が返ってきた。一瞬《いっしゅん》メンドリたちが、言葉の意味をわかったのかと思った。いやちがう、イタチでも入りこんだのだろう。ほかのメンドリたちまで鳴きだし、手の下でロキが怒《おこ》って毛を逆《さか》だてた。ニースだった。またいたずらを始めたのだ。安心して眠《ねむ》っていたメンドリたちをつっついて、止まり木から落としたのだ。ペールは疲《つか》れきってため息をついた——一日のうちでたくさんのことがありすぎた。ニースのほうはとても元気らしい。ひとりでくすくす笑う声がきこえてくる。メンドリは次から次に、止まり木からぶざまに落ちていく。怒《おこ》った声で鳴きながら、興奮《こうふん》して藁《わら》の上を走りまわっている。一羽がペールの腹《はら》の上を走り、固いつめをたてていった。

「イタッ！」

ペールが大声を出した。

「ニース、もうちょっかいかけるのはやめてよ。夜もこんなに遅《おそ》いんだし、ぼくだって寝《ね》なきゃいけないんだ」

ニースは梁《はり》の上ではねまわり、自分のことしか考えていない。ほこりや羽根《はね》やクモの巣《す》を蹴《け》りおとしている。ペールは目をこすった。

「やめろって」

低い声でうなった。

ニースはペールのちょうど真上《まうえ》にある梁《はり》にしゃがんで、下を見おろしている。

「知らせがある！」

えらそうにいった。

「ききたくない！　あっ、けど待って、どんな知らせだい？」

「トロール山からのニュースなんだけどなぁ」

ニースが小ずるそうにいった。

「わかった。きかせてよ――さあ！」

ニースはさらにはねまわる。うれしさを隠《かく》しきれないようすだ。

「ギャッファーの息子《むすこ》がドブレ山の王の娘《むすめ》と結婚《けっこん》するんだ」

「知ってるよ。前にきみが教えてくれたんじゃないか」

「いや、それだけじゃないんだ、ペール・ウルフソン。今度はもっとすごいことになった！　おまえの叔父《おじ》がしゃべってるのをきいたんだ」

そこで深々と息をすった。

「ドブレ山の王の息子《むすこ》がギャッファーの娘《むすめ》と結婚《けっこん》することになった」

「話が変わったの？」

ペールはぽかんとした。どういうことなんだろう。

「ちがう！」

ニースがじれったそうにいった。

「増《ふ》えたんだ！」

「ああ」

ペールが納得《なっとく》した。

「つまり、ふた組ってわけだね？」

ニースがうっとりした顔でうなずいた。

「もっと盛大《せいだい》な結婚式《けっこんしき》になるんだぞ！　宴会《えんかい》だってそりゃあ、派手《はで》にやるだろう！」

ペールはあくびが出てきた。ひどく長い一日だった。トロール山のギャッファーは、娘《むすめ》と息子《むすこ》を、ともにドブレ山の王の子どもと結婚《けっこん》させることで、相手との強い結びつきを得ることになる。それはわかった。しかしだからといって、それによって自分の運命が大きく変わってくるとも思えなかった。それでも、ひとつだけ気がかりなことがあったので、ニースにきいてみることにした。

「だけど、どうして叔父《おじ》さんたちがそのことを気《き》に病《や》むの？　あんなに機嫌《きげん》が悪かったのはどうして？」

ニースはスキップをしながら、家畜小屋《かちくごや》のほうへ行き、納屋《なや》のむこう側からこたえを返してきた。

「今度は男の子だけじゃなく、女の子もさがさなくちゃならなくなったからさ」

「何だって！」

ペールは体を起こして、目を大きく見開いた。

「どういうこと？」

「ギャッファーは、ドブレ山の姫《ひめ》の結婚《けっこん》の贈《おく》り物《もの》にする男の子のボーイだけじゃなく、王子の結婚《けっこん》の贈《おく》り物用《ものよう》に、女の子のメイドも必要になったんだ」

ニースは何でもない口調《くちょう》でそういった。

「そうじゃないと、ドブレ山の王が気を悪くするからって」

ペールは頭がくらくらしてきた。

「それじゃあ、きみは知ってたんじゃないか。叔父《おじ》さんがぼくをトロールに売りわたそうとしてるって！」

思わず息をのんだ。

「それで今度は——なになに、トロールは男の子だけじゃなく、女の子の奴隷《どれい》もほしいって？　だからあのふたりはそっちも見つけなきゃ、金はもらえないっていうのかい？」

「まあ、そういうこと！」

ニースはあっけらかんとこたえた。

ペールはすっかり傷《きず》ついて、失望し、もう少しで泣きそうになった。ニースがあまり頼《たよ》りにならないのはわかっていた。だけどせめてそのことを知っていたなら、前もっていってくれても良かったはずだ。ペールはきっぱりそういってやった。ニースははねまわるのをやめた。

「ボーイになりたくないのかい？」

びっくりした顔できいた。

「いやだ！」

「どうしてさ？」

ペールは必死《ひっし》でこたえをさがした。

「人間だからさ」

やっとそれだけいった。

「トロールのために働くなんてできない」

「おいらは妖精《ようせい》だ」

ニースがむっとしていった。

「けど人間のために働いてる」

「ごめん」

ペールは少し自分を恥《は》じた。

「だけどバルドル叔父《おじ》さんやグリム叔父《おじ》さんのために働くのは、いやだろう？」

「ああ、バターも入ってない冷えた粥《かゆ》しか出してくれないからね。けどあったかくっておいしい粥《かゆ》に、バターの大きなかたまりを入れてくれるんなら、喜んで働くよ。クリームか、ハチの巣《す》をひとかけらでもいいいな」

ニースは自分の好きなごちそうを片《かた》っぱしから並《なら》べたあとで、深いため息をついた。

「ぼくのほうは、あったかい粥《かゆ》の一杯《ぱい》ぐらいで、トロールのために働くわけにはいかないんだよ」

ペールがいった。

「それに、何でぼくだけがそんな目にあわなくちゃならない？　ずるい叔父《おじ》たちは金をもらって大喜び。なのにぼくはどっかのトロールの奴隷《どれい》になって、山の下に永遠《えいえん》に閉《と》じこめられるんだ。地の底だよ？　真《ま》っ暗《くら》なんだよ？」

そういってふるえた。

「ごめんだね！」

「地の底は、豪華《ごうか》で立派《りっぱ》だぜ！」

ニースが断言《だんげん》する。

「なるほどね。だけどニース、悪いけどぼくには、ぜんぜん魅力的《みりょくてき》に感じられない」

ペールは大きなあくびをした。ちくちくする藁《わら》のなかにあおむけに寝《ね》ころがった。外はだんだんに明るくなってきて、月明かりが夜明けの光と混《ま》じりあっている。

「少しでも眠《ねむ》らないと。ひと晩中《ばんじゅう》起きてたんだ。どうせきょうもまた一日中働かされるんだ。知らせてくれてありがとう、ニース。ぼくに妹がいなくて良かったよ！　いったい叔父《おじ》さんはどうするつもりだろう？」

ペールはもう一度あくびをした。ニースの声がぼんやりときこえる。

「もちろん、女の子を見つけてくるのさ」

「女の子はそのへんの木になってるわけじゃないよ」

ペールはあんまり眠《ねむ》たいものだから、自分のいったことがとてもおかしいようにきこえて、くすくす笑いながら眠《ねむ》りに落ちていった。朝がやってきたとわかると、ニースはそれきりだまってしまった。

やせた黒いオンドリの声でペールは目を覚《さ》ました。オンドリはすぐ耳もとに立っていて、耳をつんざくような声で鳴いた。

「コケ・コッコー！」

真《ま》ん中《なか》でちょっと途切《とぎ》れて、最後は声が裏返《うらがえ》った。ペールはびっくりして体を起こした。心臓《しんぞう》がドキドキいっている。オンドリは目に意地悪《いじわる》な表情《ひょうじょう》を浮《う》かべて、忍《しの》び足《あし》で離《はな》れていき、尾羽《おばね》をふるわした。

「いつか首をへし折ってやるからな」

ペールがおどした。納屋《なや》の扉《とびら》を開けると、そのオンドリが気どった足どりで外へ出ていき、あとにメンドリたちが続いた。ペールに背《せ》をむけて、われ先にけたたましく鳴きながら、主人のオンドリのあとを追っていく。

「ニースに尾羽《おばね》をひっこぬかせてやろう」

ペールは意地悪《いじわる》い決心を固めた。それからふいに、きのう明らかになった事実が頭のなかにいっせいによみがえってきた。

ヒルデに知らせなきゃ。たぶんぼくのほうはだいじょうぶだ。トロールのほうは、女の子が手に入らなければ、男の子だってもういらなくなるだろう。だけど気をつけなくちゃいけない。もしバルドル叔父《おじ》さんがぼくをギャッファーのところへ連れていくような素振《そぶ》りを少しでも見せたら、すぐ逃《に》げるんだ。ヒルデが助けてくれるだろう――逃《に》げる間に必要な食料をわけてくれるはずだ。だけど、どこへ逃《に》げればいい？　ハンマーへイブンに行ったら、すぐ見つかってしまう。けれどぼくの知っている場所はそこしかない。

ペールは顔をこすりながら、必死《ひっし》になって考えた。ただひとつの救いは、バルドルにもグリムにも、姪《めい》はいないってことだ。それに女の親戚《しんせき》だっていない。だけど、だれか知りあいの女の子がいたら？

ペールは突然《とつぜん》恐怖《きょうふ》に目を大きく見開いた。

ヒルデは女の子だ！

まさか、ヒルデに手出しはしないだろう。できるはずがない。

だけど、もしかしたら？

ありえない！　でも、とにかくヒルデに知らせないと！

第八章 海岸の一日

ところがしばらくは、ヒルデの姿《すがた》を見ることはなかった。ずっと注意して外を見ていたのに、一度も村におりてこなかったし、自分から谷をあがってヒルデの家をさがすチャンスもなかった。バルドルとグリムから山ほど仕事を押《お》しつけられ、自由な時間など一分もなかったのだ。家畜小屋《かちくごや》を掃除《そうじ》し、馬具《ばぐ》を修繕《しゅうぜん》し、麻袋《あさぶくろ》に小麦粉《こむぎこ》をつめ、豚小屋《ぶたごや》のそばの小さな畑を耕《たがや》し、肥《こ》やしをまいた。朝起きると体じゅうが痛《いた》み、日中は空腹《くうふく》と戦い、夜は疲《つか》れきって半分死んだように眠《ねむ》ってしまう。そんな毎日だった。

ある週は、ヒツジの毛を刈《か》りとる仕事を手伝った。ヒツジはもがいて暴《あば》れようとするから、曲がった角《つの》をにぎっておさえておいて、ぼさぼさの毛を刈《か》っていくのだ。筋肉《きんにく》が張《は》って、背中《せなか》が痛《いた》むのも無理はなかった。それにしても、ぼくがいないときは、ふたりでどうやって、これだけの仕事を片《かた》づけていたのだろうとふしぎになった。ふたりともいまはほとんどの仕事をペールに押《お》しつけ、トロールのことはひと言も口に出さなかった。たぶんだまっているのが、いちばんだと思っているのだろう。

春が過《す》ぎていった。トロール山のカバの木が生えた斜面《しゃめん》には、アネモネが咲《さ》きみだれ、村のまわりの小さな畑では、オート麦とライ麦がぐんぐんのびていった。水車小屋のむこうに広がる耕作地《こうさくち》では、大麦の緑の穂《ほ》が風にゆれている。六月に入ると、暑い夏の日がしばらく続いた。明るい陽射《ひざ》しと熱気に満ちた昼間《ひるま》がえんえんと続き、やっと太陽が山の陰《かげ》に沈《しず》んだと思ったら、それから数時間もしないうちにまた顔を出し、空からは一日中日の光が去っていかないように思えた。

ある午後、ヒルデは妹と弟を海に連れていこうと考えた。

その日は、洗濯《せんたく》の日。グードルンとヒルデは家じゅうから洗濯《せんたく》する物を集めてきて、それをぜんぶ小川に持っていった。高地の氷河《ひょうが》から流れてくる水は、凍《こお》るように冷たく、それが滝《たき》のように流れこんで小さな池を作っている場所があった。ふたりはそこで、スカートのすそをからげ、元気良く洗濯物《せんたくもの》を踏《ふ》んでいく。足はやがて真《ま》っ青《さお》になり、痛《いた》くてたまらなくなる。ぐっしょり濡《ぬ》れた洗濯物《せんたくもの》を、しずくをたらしながら家に運んでいくと、エイリクが戸口で陽射《ひざ》しを浴びて、うとうとしていた。見られていないのをいいことに、シグルドとシグリドは、いたずら心を起こしたらしい。牝牛《めうし》のボニーの背中《せなか》に乗り、綱《つな》を杭《くい》からはずして、細くて急な坂道を行ったり来たりしている。そのあたりには野生のニンニクが自生《じせい》していて、鼻につんとくるその葉っぱと花を、牝牛《めうし》が好きなだけ食べている。

「これで一週間は、ミルクにニンニクのにおいが移《うつ》ってしまうじゃないの！」

グードルンがしかった。牝牛《めうし》をひきずって、子どもたちを家のなかにもどした。

「ちゃんと自分たちで飲んでもらいますからね。当然よ」

「それでチーズを作りましょうよ」

ヒルデが提案《ていあん》した。

「きっといい風味《ふうみ》がつくわよ！　すわってよ、母さん。あたし、いいことを考えたの」

「母さんはもうへとへとよ」

グードルンはあわれな声でいうと、崩《くず》れるように腰《こし》をおろした。

「あたしも！」

ヒルデがいって冷えきった指をこすった。

「たまには休みが必要よ。だから、おチビさんたちを連れて、入《い》り江《え》に行ってみようと思うの。あそこなら水遊びをしたり、貝拾いをしたりできるでしょ。ポニーも連れて」

「おかしな娘《こ》だわ」

グードルンがけげんな顔でいった。

「そんなことをして、どうして休んだ気になるっていうの！」

「気分転換《きぶんてんかん》よ。子どもたちがいないほうが、母さんだってゆっくりできるじゃない」

「そりゃそうね」

グードルンが納得《なっとく》した。

「日なたにすわって糸でもつむぐわ」

それでヒルデは、ポニーの背《せ》に弟と妹を乗せ、あとで食べられるように、袋《ふくろ》のなかにパンとチーズを入れて、谷をくだっていった。

農場から出る道は、小川の流れる急な土手沿《どてぞ》いにのびている。小川は連続する滝《たき》のように勢《いきお》いよく流れ、茶色い水が陽射《ひざ》しにきらめいていた。森を越《こ》えてくだり坂を行くと、カバの木の白い幹《みき》が、まるで洗いたてのように輝《かがや》いていた。青々とした葉が頭上で踊《おど》っている。シグリドがひとつ歌を歌いおえると、次はヒルデが別の歌を歌う。シグルドはポニーのたてがみをしっかりつかみ、わき腹《ばら》をかかとで蹴《け》って早駆《はやが》けをさせた。

道は森を抜《ぬ》け、くだりながら野を通り、木の橋にむかった。ヒルデはあたりにしきりに目を走らせた。水車が動いていて、ガタガタいう音にポニーがびっくりして頭をふりあげた。いまにも疾走《しっそう》しそうになったので、ヒルデが轡《くつわ》をつかんだ。

「良かった、あのふたりはなかでいそがしくしてるみたい」

ヒルデはシグルドにいった。

「お姉ちゃんのお友だち、ペールがそのあたりにいないか、さがしてちょうだい」

たまたまそのとき、ペールのほうが先にヒルデを見つけた。ちょうどいそがしく豚小屋《ぶたごや》の掃除《そうじ》をしているところだった。豚小屋《ぶたごや》は水車小屋の表《おもて》の軒先《のきさき》に、貯水池《ちょすいち》を前にしてたっている。豚小屋《ぶたごや》のなかは臭《くさ》いどろどろの汚物《おぶつ》が足首までつかるほどにたまっていた。そのなかで、ペールは、シャツを脱《ぬ》いではだしになり、ぼろぼろのズボンをまくりあげて仕事をしていた。ペールが、どろや、臭《くさ》い藁《わら》や、腐《くさ》ったキャベツの芯《しん》をシャベルですくっている間、雄《おす》の豚《ぶた》、ブリッスルは、壁《かべ》によりかかっている雌豚《めすぶた》のとなりで、日なたぼっこをしていた。暖《あたた》かい陽射《ひざ》しを浴びて、二頭の毛深い腹《はら》がそっと上下している。うるさいハエがペールの頭のまわりをぶんぶん飛んでいる。ペールがちょっと休んで、目に入った汗《あせ》をふいたところで、ヒルデと小さな双子《ふたご》が、森から出てくるのが見えた。一瞬《いっしゅん》さっと姿《すがた》を隠《かく》そうかと思った。どうしてこんなふうに汚《きたな》い格好《かっこう》のときばっかり、ヒルデと会うんだろう？　それでもヒルデにいわなければならないことがあった。ペールは豚小屋《ぶたごや》のなかから出ていって、声をかけた。

「やあ、どこへ行くんだい？」

ヒルデが気づいて手をふってきた。

「これから海に行くところなのよ」

「きみに話があるんだ」

水車が大きな音をたてているので、叔父《おじ》たちにきかれる心配はなかった。

「いっしょに来れば！」

ヒルデが陽気にいった。

ペールは気持ちがいっぺんに明るくなって、すぐさま行くことに決めた。叔父《おじ》たちに何をいわれようと、されようと、とたんにどうでもよくなった。しばらくここを離《はな》れてゆっくりしたかった。陽射《ひざ》しの降《ふ》りそそぐ午後に、思いっきり好きなことができるなら、そのあとどうなろうとがまんできる気がした。ペールはシャベルを放りなげた。

「ロキ、どうだい？　いっしょに行かないか？」

ロキはずっと退屈《たいくつ》していた。前足の間に鼻を置いて、つまらなそうな顔で寝《ね》そべっていた。それがいきなり飛びあがって、しっぽをびゅんびゅんふりだした。

「先に行っててよ、あとで合流する」

ペールはヒルデにいった。ぐるっと大まわりをして、村に近い道で落ちあうつもりだった。水車小屋から見えないところで。

「川を泳いできたら、きれいになるのに！」

シグリドがかん高い声でいった。ペールは貯水池《ちょすいち》をちらりと見た。いかにもひんやりとして心をそそられたものの、すぐに首をふった。ぞっとしたのだ。ふりかえって片手《かたて》をあげ、そっちを通っていくからと、ヒルデに道を示《しめ》した。それから自分は走って納屋《なや》の裏《うら》にまわり、土手《どて》に生えている腰《こし》の高さまでのびたイラクサの茂《しげ》みに、肌《はだ》を刺《さ》されながら入っていった。そこから今度は、道の横手の灌木《かんぼく》のなかをはっていき、水車小屋から完全に見えなくなるところまで行った。そこまで来てやっと道に出てすわり、ヒルデたちが来るのを足をさすりながら待った。

三人の姿《すがた》はすぐに見えてきた。ペールはヒルデと足並《あしな》みをそろえて歩きながら、自分のほうが背《せ》が高いのがわかって内心《ないしん》うれしかった。ヒルデは満面に笑《え》みを広げた。

「よく来たわね！　あとでめんどうなことにならないといいんだけど」

「なるに決まってる」

ペールはぶっきらぼうにいって顔をこわばらせた。

「でもきょうはいいんだ。気にしない」

ヒルデがびっくりしてペールのほうをちらりと見た。太陽の下で、シャツを脱《ぬ》いで働いていたので、肌《はだ》が赤褐色《せきかっしょく》に焼けている。髪《かみ》は陽《ひ》にさらされて色が抜《ぬ》け、白に近い。どろのはねや、それよりもひどいものがあちこちにこびりついており、ズボンはただのボロぎれにしか見えない。前よりやせたみたいで、年もとったように見える。ちょうどそのとき、ロキが勢《いきお》いよく飛びだしてきた。毛はパサパサで、肋骨《ろっこつ》が浮《う》きでている。

「まあ、ロキ！」

ヒルデは心を痛《いた》めた。

ペールはまゆをひそめた。

「ちゃんと食べさせてもらってないんだ。みんなグレンデルにとられちゃうから」

ヒルデはペールも満足に食べさせてもらっていないのだろうと思った。しかしあえてそれは口にしないことにして、話題を変えた。

「うちのいたずらっ子に会ってやってちょうだい」

陽気にいった。

「こっちは弟のシグルド、こっちは妹のシグリドよ。ほらふたりとも、ごあいさつなさい！」

「こんにちは」

ペールがにこにこしながらいった。ふたりの子どもは瓜《うり》ふたつだった。金髪《きんぱつ》も、大きな青い目もまったく同じ。

「もしかして双子《ふたご》？」

　ふたりがこくんとうなずいた。

「どっちも五歳《さい》！　だけど生まれたのはあたしのほうが先なの。だからシグルドは何でもあたしのいうことをきかなくちゃいけないのよ」

　シグリドが自慢《じまん》げにいった。

「そんなことない！」

　シグルドが体をねじって、うしろにいる姉をたたいた。姉のほうは、弟の髪《かみ》をひっぱった。次の瞬間《しゅんかん》、ふたりはポニーからころげおち、道の真《ま》ん中《なか》でとっくみあいを始めた。そのまわりをロキが吠《ほ》えながら、はねまわっている。ヒルデとペールがふたりをひきはなした。

「双子《ふたご》って、いつもこうなのかい？」

　ペールが顔をしかめていった。

「知らないわ」

　ヒルデは肩《かた》で息をついている。

「ふたりとも、やめなさい！　ほら！　でないと、家にひきかえすわよ」

そういってふたりをポニーの背中《せなか》にもどした。

「お行儀《ぎょうぎ》良《よ》くしてないと、ペールがいっしょに来てくれないわよ」

「だいじょうぶだよ」

ペールがいってやった。

「ところで行き先はどこ？　港へ行くの？」

「桟橋《さんばし》じゃないのよ。これから行くのはこぢんまりした村。トロールズビークよ。知りあいの漁師《りょうし》さんがいるの。アーネとビヨルン。ふたりに用があってね。来月もし父さんが帰ってこなかったら、ふたりに干《ほ》し草刈《くさが》りを手伝ってもらおうと思って。それと魚を売ってもらうの。子どもたちに水遊びをさせてる間に、岩にすわっておしゃべりをしましょう」

「ぼくも泳ぐよ」

ペールがいった。


村に入ると、ペールはあたりをきょろきょろ見まわした。それほど遠くまで来たわけではないけれど、何もかもめずらしかった。それまでは、水車小屋から見えないところへは行かせてもらえなかったのだ。トロールズビークの村は、ハンマーへイブンと比《くら》べるとずいぶん小さかった。家は七軒《けん》か八軒《けん》。どれも青々とした草を生やした屋根から白い煙《けむり》が細くたなびいている。メーメーと鳴いているヤギは、村の小さな畑に生える豆やグリンピースを食べてしまわないよう、綱《つな》で杭《くい》につながれていた。犬がわっとやってきてロキのにおいをかいだ。ロキは五匹《ひき》の犬とたちまち友だちになってしまった。女の人がひとり、近くの家から出てきて、バケツに入った水を庭にまきだした。ヒルデの姿《すがた》を見ると、お母さんはどうしてるとか、お父さんから連絡《れんらく》はないのと、声をかけてきた。すごくきれいな人だとペールは思った。長い褐色《かっしょく》の髪《かみ》に緑の目が映《は》えている。照《て》れ臭《くさ》かったので、ちょっと離《はな》れたところにつったって、ヒルデが話すのをながめていたが、そのうち呼《よ》ばれてしまった。

「こちらは、ビヨルンの奥《おく》さんのチェルスティン。チェルスティン、こちらは、ペール・ウルフソンよ。最近水車小屋で暮《く》らすようになったの」

チェルスティンはペールにやさしく笑いかけてきた。しかしペールのほうは汚《よご》れた格好《かっこう》をしていたので、ばつが悪くてたまらなかった。だから早く話が終わって、チェルスティンが家のなかに入ってほっとした。ヒルデはポニーをつなぎ、そこからみんなで数メートル歩いて海岸におりていった。

広々とした入《い》り江《え》は青い水をたたえて輝《かがや》いていた。小さな波が数センチほどの高さでよせてきては、磯浜《いそはま》の石の上で透明《とうめい》な水しぶきをあげた。浜《はま》の石はひとつひとつ色がちがっているように見え、さんさんと降《ふ》る明るい陽射《ひざ》しに、目が痛《いた》いほどだった。漁船が数隻《せき》乗りあげている浜《はま》を、シグルドとシグリドはキャーキャー声をあげて、うれしそうに走りまわり、貝殻《かいがら》や、青や赤の海草を拾っている。ペールとヒルデは深呼吸《しんこきゅう》をして、透明《とうめい》な水と高い山々をながめた。

「ぼくも海に入ってくるよ」

ペールはうれしそうだ。

「冷たいわよ」

ヒルデがいう。

「だいじょうぶ。とにかく体をきれいにしたいんだ」

ペールは走っていって、ひざまで水につかった。

「ヒューーッ！　きみのいうとおりだ。凍《こお》りそうだよ！　だけど行くぞ！」

それからウォーッと声をあげて、水に飛びこんでいった。ロキは浜辺《はまべ》を行ったり来たりしながら、心配そうに吠《ほ》えている。自分から水に入ろうとはしないものの、主人が危《あぶ》なくなったら戦わなくてはならない。その小手調《こてしら》べに、まずは小さな波にかみついてみた。するとロいっぱいに塩水を飲みこんでしまったのか、頭をふり、キャンキャン苦しそうにむせた。ヒルデがそれを見て笑い声をあげた。

「かわいそうに！　しょっぱかったでしょ？」

パンのかけらを投げてやると、ロキがぱくっと食べた。

ペールが水のなかを歩いて出てきた。ぶるぶるふるえている。

「ああ、さっぱりした」

ガチガチいう歯の間からいった。

「だけど、もうだめだ。どこか日あたりのいい岩の上にすわろうよ。大事な話があるんだ」

「下に敷《し》くマントを持ってきたわよ。母さんが持っていけってきかないの。古いけど、これを体にかければあったかいわ！」

ペールは喜んでマントを肩《かた》にかけた。古くてあちこちかがったあとがあったが、清潔《せいけつ》で暖《あたた》かかった。ヒルデが先を歩いて、ちょうどいい場所を見つけた。ふたつの大きな岩にはさまれたそこに、ふたりは腰《こし》をおろした。ロキは浜辺《はまべ》をひとりで探検《たんけん》し、いろんなもののにおいをかぎまわっている。小さな子どもたちは、一隻《せき》の舟《ふね》のなかに入って、バイキングごっこを始めた。

「やっと落ちついたわね！」

「ほっとするよ！」

太陽の暖《あたた》かみが骨の髄《ほねずい》までしみいり、ほんとうなら眠気《ねむけ》におそわれているところだが、空腹感《くうふくかん》のほうがきつくなってきた。しまいに腹《はら》が鳴りだして、ペールの顔が真っ赤《まか》になった。ヒルデがパンとチーズの入った袋《ふくろ》を投げてよこした。

「ほら、食べて！」

命令するようにいった。

「それで、大事な話って？」

ペールは食べ物を頬張《ほおば》りながら、話を始めた。まずはニースと出会ったことから。ちっちゃくて気まぐれな生き物が、バターをいくらかもらってきてやるという約束で教えてくれた話。トロールの結婚式《けっこんしき》についてわかったことを説明した。

「ドブレ山のトロールの話ならきいたことがあるわ」

熱心にきいていたヒルデが口をはさんできた。

「みんな知ってるはずよ！　トロール山のギャッファーにとっては、すごく重要な結婚式《けっこんしき》になるの」

「そのとおり」

ペールはグラニー・グリーンティースに会って叔父《おじ》の計画について教えてもらったこと

も、ふるえながら話した。ドブレ山の姫君《ひめぎみ》へのプレゼントにするため、叔父《おじ》たちが自分を売ろうと考えているというと、ヒルデの顔が恐怖《きょうふ》に凍《こお》りついた。その顔があまりにすごかったので、ペールはもう少しで笑いだしそうだった。

「ペール、そんなことできるわけがないでしょ！」

「いや、あのふたりならやりかねない！　だけどぼくがおそれてるのは、それだけじゃない。ニースの話では、結婚式《けっこんしき》はダブルで行われることになったらしい。ギャッファーの息《むす》子《こ》と娘《むすめ》、両方が結婚《けっこん》するんだ。ドブレ山の王の娘《むすめ》と息子《むすこ》とね」

詳《くわ》しく説明してやった。

「それで？」

ヒルデの言葉に、ペールは一瞬《いっしゅん》だまった。

「それで、叔父《おじ》さんたちがすごく不機嫌《ふきげん》なんだよ。ギャッファーから、男の子と同じように女の子も見つけてこないなら、この話はなかったことにしようっていわれたらしい。つまり、ドブレ山の姫君《ひめぎみ》に男の子の奴隷《どれい》を、王子には女の子の奴隷《どれい》を、ってことになったんだろう」

「となると、女の子が見つからなければ、グリムソンたちは金を手に入れられないってことね？」

ヒルデはほっとして笑いだした。

「なら、安心じゃない」

「いや、ちがう」

ペールがそっといった。ヒルデがまじまじと相手の顔を見た。

「きっと女の子を見つけてくると思うんだ。だから、ヒルデ、きみも十分気をつけないといけないよ」

ヒルデはヒューッと口笛を鳴らした。しばらくどっちも何もいわなかった。きこえてくるのは、波の音と海鳥の鳴き声だけだ。

「ギャッファーは、ドブレ山の王を感心させたいわけね。人間の奴隷《どれい》ふたりを、結婚式《けっこんしき》にさしだして」

ペールがうなずいた。

「それにしても、おかしな話だわ。だいたいトロールのボーイやメイドって、何をさせられるの？」

「知りたくもないよ。ぼくは地の底で働くなんて、絶対《ぜったい》いやだ。たえられない」

「そりゃそうよ！　あたしだっていやだもの！」

ヒルデもいった。

「地の底なんかに入ったら――」

ペールはそこでいいとどまった。暗いところに閉《と》じこめられるのがこわいなんて、わざわざいう必要はなかった。ヒルデはおさげ髪《がみ》を肩《かた》のうしろにはねのけて、まゆをひそめた。

「ペール、あなたはすっごくついてるわよ。ニースと会えるなんて――あたしなんか、一度も会ったことないわ。うちには住みついてないのよ。それにグラニー・グリーンティースに気に入られたんでしょ――ああ、こわっ！」

「気に入られた？」

ペールがゆっくりとくりかえした。

「逃《にが》してもらったんだから、よっぽど運が良かったのよ」

ヒルデが真面目《まじめ》な顔でいった。

「だけど、ぼくが気に入られたなんて、ほんとかな？　そういえば、めんどうをみてやるっていってた」

思いだしてぞっとした。

「だけど、そうなったら、ぼくは貯水池《ちょすいち》の底で暮《く》らさなきゃいけない！」

「あたしには、そんなすごいことは、これっぽっちも起きないわ」

ヒルデが不満そうにいった。

「出会うのは、トロールばっかり。トロールなんてネズミといっしょで、少しもめずらしくなんかないもの。ああ、うちにもニースが住んでいたらなあ。母さんはきっとおいしいものを食べさせるだろうから、石臼《いしうす》だってまわしてくれるわよ！　とにかく、バターはあたしが用意するから、心配しないで。ニースは力になってくれそう？　信用できる？」

「それがあやしいんだ」

ペールが暗い声でいった。

「結婚式《けっこんしき》をすっごく楽しみにしててさ。しっぽが二本生えたトロールの姫君《ひめぎみ》に会えるんだから、わくわくするだろなんて、ぼくにいってさ」

「ほんとうにしっぽが二本生えてるの？」

ヒルデが目を見張《みは》った。

「いや、ちがった。それは長女のほうだった」

重いため息をついた。

「とにかく、最近はニースともあんまり会ってないんだ。夜が短くなったし、ぼくは死んだように眠《ねむ》っちゃってるからね」

ヒルデがそれにこたえようとしたところへ、シグルドとシグリドの興奮《こうふん》した声がひびいてきた。ふたりともすでに舟《ふね》から出ていて、ロキにむかって砂利《じゃり》を投げつけていた。

「ほら見て！」

ふたりは入《い》り江《え》のほうを指さしながらいった。一隻《せき》の舟《ふね》がゆれながらこっちにむかってきていた。ヒルデがそれを見て飛びあがった。

「ビヨルンだわ」

目の上に片手《かたて》をかざしている。

「まるでペットみたいに、アザラシが舟《ふね》のうしろについてきてるのが見える？」

ペールは目を細めてみたが、舟《ふね》の陰《かげ》に黒っぽい点がひとつ見えただけだった。

「ビヨルンが海に出るときは、必ずアザラシがついていって、ニシンを舟《ふね》におびきよせてくれるって話よ。まだ小さかった頃《ころ》にビヨルンが助けてやったアザラシなの。けがをして浜《はま》にうちあげられているのを見つけてね。魚をやって育ててあげたらしいの。なかには、ビヨルンの奥《おく》さんのチェルスティンがほんとうはアザラシで、あれはふたりのじつの子だなんていう人もいてね。でもうちの父さんは、そんなのはでたらめだっていってるわ。ビヨルンと弟のアーネは海にまつわる伝説をだれよりもたくさん知ってるの。ところで、アーネはどこかしら？　きょうは姿《すがた》を見かけないけど」

ふたりはビヨルンが舟《ふね》を浜《はま》に漕《こ》ぎいれるのをじっと見ていた。ビヨルンはオールを舟《ふね》にとりつけると、舟《ふね》から飛びおり、ひざまで水につかって舟《ふね》をひっぱった。いまではアザラシの姿《すがた》もはっきり見えた。ビヨルンのそばを泳ぎまわり、つるつるした頭をこすりつけながら、両足の間を抜《ぬ》けて、尾ひれをピシッピシッと鳴らしている。ビヨルンが舟《ふね》のなかに手を入れて、魚を一匹《ぴき》投げてやると、アザラシは楽々とくわえた。しわがれた声で一度吠《ほ》えると、海のなかに消えてしまった。

ペールはヒルデといっしょに走っていって、舟《ふね》を浜《はま》にあげるのを手伝った。ビヨルンは、背《せ》の低いがっしりした男で、親しみやすい顔に青い目が美しかった。ぼさぼさの長い髪《かみ》が肩《かた》に落ちている。

「やあ、ヒルデ。友だちかい？　おっとふたりとも久《ひさ》しぶりだな」

シグルドとシグリドにも声をかけた。

「こんにちは、ビヨルン。こちらは友だちのペール・ウルフソン。最近水車小屋で暮《く》らしはじめたの」

ビヨルンがタコのできた手をさしだした。ペールはその手をにぎりながら、早くも相手のことが好きになっていた。

「水車小屋かあ」

ビヨルンはそれしかいわなかったが、やさしい顔でにっこり笑いかけた。

「ビヨルン、相棒《あいぼう》のアーネは？」

ヒルデがきいた。

「そうそう、まいっちまったよ」

ビョルンが頭をかいた。

「知らなかったのかい？　やつは南へ行ったんだ。きみのせいだよ。いや、きみとお父さんのせいというべきだな。きみからラルフの船出の話をきかされて以来、ずっと考えこんじまって。『おれも行きたかった、行きたかった』ってそればっかり。『もう少し早く話をきいていたら』ってな。だから、いってやったんだ。『そんなに行きたいんなら、追いかけていけ！』って。ところが『もう百キロ以上も先に行ってるから、追いつかない』っていうんだ。それでついいっちまった。『バイキング船なんだから、途中《とちゅう》あちこちの港によってるはずだ。いま追いかければ、十中八九《じゅっちゅうはっく》、間《ま》にあうさ』ってね。しょうがないよ、そうやって一日中ぼやいてるから、仕事になりゃしないんだ。『ほんとうにそうかな？』っていうから、『もし間《ま》にあわなかったとしても、ほかの船に乗るチャンスはいくらでもある。航海のシーズンなんだからな』っていってやった。それで結局、出ていっちまった！」

「まあ！　どうやって行ったの？　歩いて？」

ビョルンがばかにするように笑った。

「舟《ふね》があるのに、どうして歩いて行く？　南へくだるなら、舟《ふね》に乗って行くのがいちばん早い。それが三週間から四週間前の話だ。まあ、冬が来る前にはもどってくるだろう。やつだって自分のめんどうぐらい、自分でみられる年さ」

ビヨルンはナイフを拾いあげて、そででふいた。

「じいさんに、魚を持っていくかい？　好物だったよな」

「ありがとう、ビヨルン。それと、干《ほ》し草刈《くさが》りのときに手伝ってもらえないかしら。お願いしてくるようにって、母さんからいわれてるの」

ビヨルンが考えこんだ。

「アーネが行っちまったからな。こっちもちょっと手がたりないんだ。いつ頃《ごろ》だい？」

「三週間から、四週間後ぐらいってところかしら。助けてもらわないと、ほんとうにこまっちゃうの。まだヒツジの毛も刈《か》ってないのよ。ストーンメドウに放《はな》し飼《が》いにしてあるんだけど、そっちには近づくなって母さんにいわれてるの。グリムソン兄弟と、もめそうなもんだから。この話、知ってる？」

ペールはその場にいづらくなって、体をもじもじさせた。グリム叔父《おじ》さんが、もうヒルデのヒツジに手をつけてるかもしれなかった。

「その問題は、公民集会《こうみんしゅうかい》に持ちだすべきだね」

ビヨルンがいった。

「コウミン何？」

ペールがきいた。

「村の寄《よ》りあいだよ。そこでいろんな問題を持ちよって、法に照らしあわせて解決《かいけつ》するのさ」

「解決《かいけつ》できるかしら」

ヒルデが疑《うたが》わしげにいった。

「だって、うちからはエイリクが話しに行くのよ。おじいさんは、女はえらそうにものをいうなって人だから！」

そういってヒルデがまゆをよせると、ビヨルンが声をあげて笑い、こわがるふりをした。

「きっと母さんは、父さんがもどってくるまで待ちたいんじゃないかしら」

「わかった、干《ほ》し草刈《くさが》りのことはおれがひきうけた」

そういって魚を二匹《ひき》とりあげた。

「何匹《びき》いる？」

「いっぱい」

ヒルデが元気良くいった。

「干物《ひもの》と燻製《くんせい》をたっぷり作っておかないと。それからペール、きょうはあたしたちの休日でしょ。浜《はま》で火を焚《た》いて、ここで焼いて食べましょう。ビヨルンのお話もきけるわよ！」

ヒルデはてきぱきとみんなに仕事を割《わ》りふった。シグルドとシグリドには、海岸をくまなく歩いて、流木《りゅうぼく》をさがさせた。ふたりは白っぽくなった枯《か》れ枝《えだ》や、こんがらがった小枝《こえだ》を両手いっぱいに集めてきた。それがちょうどいいくらいの山になったところで、ビヨルンが鉄のナイフを大きな石にうちつけて火花を出してくれた。干《ひ》からびた海草に火が移《うつ》り、たちまちのうちに大きな焚《た》き火《び》ができあがった。みんなは石の上にすわって、先のとがった枝《えだ》に魚をつきさして、炎《ほのお》のそばにかざすようにたてた。いいにおいがしてきた。魚は食べにくくて指をやけどしたが、やけどさえ気にならないくらいおいしかった。ペールはロキのためにていねいに骨《ほね》を抜《ぬ》いてやった。ロキは魚の白い身と火で焦《こ》げたカリッとした皮を腹《はら》いっぱい食べると、満足して横になり、前足をぺろぺろなめた。

「ビヨルン、お話をして」

シグリドがせがみ、ヒルデもいっしょになってねだった。

「さあ、早くビヨルン！」

ビヨルンは腕《うで》を頭のうしろに組んで、さんさんと降《ふ》る陽射《ひざ》しの下で、あおむけに寝《ね》ころがった。

「何の話がいい？」

うとうとしながらきいた。

「メロウのお話がいい」

シグルドがいった。

それでビヨルンは、メロウ、つまり海に住む妖精《ようせい》の話を始めた。ある漁師《りょうし》がメロウと親しくなり、海のなかにある家を訪《たず》ねたときのおもしろい話だった。

「漁師《りょうし》はそこで、たくさんの壺《つぼ》が逆《さか》さまに置かれているのを見つけた。なかに何が入っているのかきいたところ、『ああ、溺《おぼ》れた船乗りたちの魂《たましい》だ。逃《に》げないように、ああして閉《と》じこめてあるのさ』とメロウにいわれ、そのまま帰ってきたんだ。しかし漁師《りょうし》は壺《つぼ》のなかに閉《と》じこめられた船乗りのあわれな魂《たましい》のことが頭から離《はな》れなかった。それで、メロウが外出したのを見はからい、泳いでいって壺《つぼ》をぜんぶひっくり返してきた。魂《たましい》はみんなぶくぶく泡《あわ》をたてながら、水中を逃《に》げていったが、そのことがあってから、メロウはその漁師《りょうし》と絶交《ぜっこう》したらしい」

「おもしろいお話ね！」

ビヨルンが話しおえると、ヒルデがいった。

「もっと話してよ！」

「こわいのがいい！」

双子《ふたご》が口々にいった。

ビヨルンはにやっとした。そして今度はドラウグの話をした。ドラウグは漁師《りょうし》の幽霊《ゆうれい》で、半分しかない船で海を航海し、だれかが溺《おぼ》れそうになると、嵐《あらし》のなかにむせび泣く声をひびかせるという。

「ビヨルンはその声、きいたことあるの？」

シグリドがいった。ビヨルンはふたりを横目でちらりと見て、もうその話はそこまでというように首をふってみせた。

ヒルデが身ぶるいした。

「寒い」

両腕《りょううで》で足を包んだ。一片《いっぺん》の雲が太陽をおおいかくし、世界中から暖《あたた》かさが消えていくようだった。

「最後の話はきかないほうが良かったわ」

ヒルデがビヨルンに、半分笑いながらいった。

「何だかこれから、不安になっちゃいそう。だって……」

しかし、ヒルデはその先を考えるのはやめた。

「そろそろ行かないと。それじゃあ、また数週間後に！　お話をありがとう、ビヨルン」

ビヨルンはにこっと笑った。小さな双子《ふたご》の頭をくしゃくしゃにし、ヒルデの肩《かた》をたたいた。そしてペールの背中《せなか》もたたいてやった。

「幸運を祈《いの》ってるぞ、ペール！」

「ありがとう、すぐにでもそれがほしいよ」

ペールが沈《しず》んだ声を出した。もどったら、叔父《おじ》さんたちに何をされるか、考えたくなかった。

第九章

水車小屋で、またもや危《き》機《き》

村へもどる道すがら、ヒルデはめずらしく、ずっと静かだった。魚を入れた袋《ふくろ》をペールと運びながら、とぼとぼと歩いていく。

「どうしたの？」

ペールがきいた。

「ううん、何でもないの」

ヒルデはためらった。

「ほんとうのことをいうとね、ビヨルンのお話をきいてすぐ、父さんのことを考えちゃったの。ばかだなって自分でも思うんだけど。別に心配なわけじゃないの。ただ……」

「心配なんだよ」

ペールがさえぎった。

「だけどだいじょうぶだって、ヒルデ。お父さんは無事に決まってる」

「わかってるわよ」

ヒルデが乱暴《らんぼう》にいった。

「でも父さんがいなくなってからは、何もかもうまくいかなくって。あのトロールときたら！――そうそう、あなたの話だけじゃなくて、ふだんからあいつらには、迷惑《めいわく》のかけられっぱなし！　夜に家のまわりをうろついて、盗《ぬす》みを働いたり、いろいろと悪さをしていくの」

「お父さんがそれを知っていれば良かったのにね」

ペールがいった。

「知ってたわよ」

ヒルデがふさいだ声になった。

「あたしがいいたかったのは、前よりひどくなったってこと。父さんだってちゃんと知ってたわ」

「ふーん、そうか」

そこでばつの悪いような間《ま》があいた。ヒルデにはペールの心のうちが想像《そうぞう》できた。きみのお父さんは、ぜんぶ知ってたくせに、家族を置いて出ていったのか？　きっとそう思ってるにちがいない。ヒルデはみじめな気持ちになり、顔がほてってきた。ペールは横目でちらっとヒルデの顔を見て、いきなりぎゅっと手をつかんだ。

「さみしいだけさ」

ぶっきらぼうにいった。

「そういうのって、ぼくにはよくわかる」

ヒルデは鼻をすすって、片手《かたて》で目をこすった。

「あら！」

突然《とつぜん》大きな声を出した。

「あのいたずらっ子たちはどこへ行ったの？」

うしろをふりかえると、ロキが双子《ふたご》の相手をしていた。ぬるぬるした海草の切れっぱしで綱引《つなひ》きをしている。猛々《たけだけ》しいうなり声をあげ、目をぐるぐるまわしている。足をふんばり、しっぽをふりながら、双子《ふたご》たちに負けまいと必死《ひっし》だ。海草が双子《ふたご》の手のひらをずるっとすべり、ロキが勝ちほこったように飛びはねた。海草を口にくわえてふりまわしながら、興奮《こうふん》して道を駆《か》けていき、そのあとを双子《ふたご》たちが追いかける。

「楽しそうね！」

ヒルデがいった。

「きょうは、ロキもぼくもちゃんとした食べ物にありつけた。今夜はきっと夕食だって満足に食べさせてもらえないだろうから、助かったよ。まあ、これまでもそうだったけど」

ヒルデはペールの目をまっすぐ見つめた。

「ねえ、帰ったら大変なことになりそうなの？」

「わかんないよ！」

ペールはうんざりしていった。

「こんなことをしたのは初めてだから」

ヒルデは唇《くちびる》をかんだ。

「いやだったらこたえなくていいけど、なぐられたりすることあるの？」

ペールは顔が真《ま》っ赤《か》になった。

「ときどきね」

あんまりいいたくなかった。

「だけどつらいのは、それより――ぼくなんかどうでもいいって思われてることさ。腹《はら》をすかせていようと、喜んでいようと、あっちは痛《いた》くもかゆくもないんだ」

「うちでいっしょに暮《く》らせたらいいわね」

ヒルデが地面に目を落としてつぶやいた。ペールはちらっとヒルデを見て、それからぎごちない感じで肩《かた》をたたいていった。

「ありがとう」

声が沈《しず》んだ。

「だけどそれは無理だよ。どうせまた連れもどされるに決まってるんだ」

ふたりはだまって歩いていった。太陽は沈《しず》んでしまい、それとともに楽しいことはすべて終わってしまったような気がした。村に着くと、ヒルデはポニーの背《せ》にニシンの入った袋《ふくろ》をのせた。

「あとは、あたしの仕事。この魚をぜんぶさばいて、燻製《くんせい》にしなきゃ」

ちょっとうんざりした顔だ。

「ほら、ふたりともいらっしゃい。ピクニックはもう終わり。家に帰るわよ」

みんなは水車小屋にむかってとぼとぼと歩いていった。ペールとヒルデはそれぞれの思いに深く沈《しず》んでいた。しばらくしてペールがきいた。

「土地のほうは、まだめんどうなことになってない？」

ヒルデは首をふった。

「まだ、うちの扉《とびら》をドンドンたたきに来たりはしてないわ。叔父《おじ》さんたちのことをいってるんでしょ？　でもビヨルンのいうとおりだわ。公民集会《こうみんしゅうかい》に持ちだすべきね。そのためには、父さんがもどってきて、こっちのいい分をはっきりさせてくれないと。でないと負けちゃうわ」

「あのふたりは、どうしてその土地をそんなにほしがってるんだろう？」

ペールはふしぎに思った。

「だってもうトロールの門がある場所はわかっているじゃないか」

「この問題はけっこう根が深いのよ」

ヒルデがため息をついた。

「あのふたりのお父さんの時代から始まってるんだもの。公平な見方をすれば、あのふたりは父親のいってることを信じきってるのかもしれない。ほんとうに自分たちの土地だって」

「公平になんて見なくていいよ」

ペールが冗談《じょうだん》っぽくいった。

「あのふたりには、自分たちのものじゃないってことくらいわかってるはずだよ！　ただ、きみたちのものだからほしいだけなんだ！　自分の得になるもんなら、何だってほしがるんだ。一ペニー硬貨《こうか》が落ちてるっていったら、きっと肥《こ》やしの山のなかにも飛びこむよ」

「何だか、いやなことが起きそうな気がするの」

ヒルデが暗い声でいった。

「骨《ほね》でひしひしとそれを感じるのよ。そこらじゅうで悪いたくらみが進んでいるって。母さんにこんなことをいったら、きっとものすごく心配するわ！　ペール、どうしたらいいの？　あなたをトロールに売りわたすなんて、絶対《ぜったい》だめよ」

「それじゃあ、きみは水車小屋には近づかないようにして。ぼくひとりじゃあ、叔父《おじ》さんたちはどうしようもないんだから。だけど冬至《とうじ》までにはまだたっぷり時間がある。ひょっとして、この近所に、別の女の子がいたりしないかい？」

「あたしの年頃《としごろ》では、ほかにはいないわ。たぶんトロールのほうは、同じ年頃《としごろ》のふたり組を希望してると思わない？　つがいの馬みたいに」

「うん、そうだと思う」

ペールが考えながらいった。

「とにかく、十分に注意しないと。いざそのときが来たら、しばらくどこかに身を隠《かく》してるよ——冬至《とうじ》が過《す》ぎさるまでね」

「うちに隠《かく》れるといいわ」

ヒルデが即座《そくざ》にいった。

「母さんなら気にしないわよ」

「だめだよ、すぐに見つかってつかまっちゃうさ」

「だいじょうぶ。その頃《ころ》には父さんも家に帰ってきてるわ！」

ヒルデが顔を輝《かがや》かせていった。

「父さんが絶対《ぜったい》あなたをどこにもやらない。父さんさえ帰ってきたら、ペールは絶対《ぜったい》に安全よ！」

ペールは頭をあげて、相手の顔をじっと見た。ヒルデの顔は真《ま》っ赤《か》に輝《かがや》いていた。

「ほんとうに？　きみのお父さん、ぼくのためにそこまでしてくれるかな？」

遠慮《えんりょ》がちにきいてみた。

「もちろんよ！」

ヒルデがうけあった。

「ロキだって。もう心配しなくていいのよ、ペール」

ペールは安心して、フーッと息をついた。急に心が軽くなって、力が湧《わ》いてきたような気がした。こんなにかんたんに問題が片《かた》づくなんて、思ってもみなかった。ヒルデがペールを見てにっこりする。それからふたりは、先のことを楽しそうに語りあいながら、帰り道をたどった。しかしそのうち、幼《おさな》い双子《ふたご》たちがうしろのほうでぐずりだした。

「疲《つか》れちゃった。足が痛《いた》い」

シグリドがいう。

「ポニーに乗りたいよう」

シグルドのほうは地面を蹴《け》りながらむずかった。

「ニシンの上にすわるわけにいかないでしょ」

ヒルデがいいきかせる。

ペールはまだ力があまっているような気がした。

「ぼくが、おんぶしてやろう！」

そういってしゃがんでやると、シグリドが喜んで背中《せなか》にはいあがった。

「ぼくも！」

シグルドが叫《さけ》んだ。

「待って待って、順番だよ！」

ペールはハアハア息をついた。小さな女の子は、思った以上に重かったが、ペールはがんばって、シグルドとシグリドを順番におんぶしながら、水車小屋の近くまで歩いていった。ヒルデはその横でポニーの綱《つな》をひき、ロキがペールのわきをとことこ駆《か》けていく。

水車小屋が見えてきたとき、ペールはシグリドを肩車《かたぐるま》していた。中庭には、荷を積んだ牛車がとまっている。

「まずい！」

ペールはうなった。出かけている間に粉《こな》ひきの仕事が来たらしい！　バルドル叔父《おじ》さんはかんかんだろう。案《あん》の定《じょう》、中庭の入り口には、黒い石の塔《とう》のように立っている人影《ひとかげ》があった。目をぎらぎらさせて、道の先を見ている。

「あれは、どっち？」

ヒルデがささやいた。ペールは息をのんだ。

「バルドル叔父《おじ》さん――だと思う」

「この野郎《やろう》！　ふざけた真似《まね》をしやがって！」

バルドルはすぐにペールの姿《すがた》を認《みと》めて、どなった。ひび割《わ》れた、ほとんど叫《さけ》び声《ごえ》に近い声だった。

「いますぐに来い！」

ペールの心臓《しんぞう》がはげしい音をたて、口のなかがからからになった。自分の首にしがみついているシグリドの小さくて温かい指をゆっくりはずしていき、かがんで、そっと地面におろしてやった。

「行かなきゃ」

ヒルデにそっとつぶやいた。

「きみはいまのうちに、帰ったほうがいい」

「早くしろ！」

バルドルがふたたび大声をあげた。怒《いか》りのあまり、顔が紫色《むらさきいろ》になっている。

「いったい、どこをほっつき歩いてた！　この怠《なま》け者《もの》めが！」

シグルドとシグリドが恐怖《きょうふ》に目を見張《みは》っている。

「あのこわいおじちゃんはだれ？」

シグリドがかん高い声を小さくしてきいた。

「粉《こな》ひきよ」

ヒルデがはっきりとした声でいった。

「ぼくの叔父《おじ》さんだ」

ペールはすっかり動揺《どうよう》していた。

「帰るんだよ、ヒルデ、さあ早く！」

ペールは用心《ようじん》しながら前に進みでた。うしろでシグリドの声がした。

「どうしてペールにあんなふうに怒《おこ》ってるの？」

「おまえも能《のう》なしの犬も、ここにただで置いてもらえると思ったら大まちがいだ！」

バルドルが金切《かなき》り声《ごえ》をあげた。

「麦がとどいて仕事をしなきゃならんてときに、遊びに出かけるとは、ふてえ根性《こんじょう》だ。その根性《こんじょう》をたたきなおしてやる！」

ペールは叔父《おじ》の手のとどくところにいた。バルドルが飛びかかってきたので、本能的《ほんのうてき》によけた。それがまた相手をよけいに怒《おこ》らせてしまった。バルドルはふたたびペールに飛びかかっていくと、左の手首をつかみ、背中《せなか》にねじりあげた。ペールが悲鳴をあげる。

「この役たたずめ」

バルドルはペールの体を前後にゆらした。

「おまえの能《のう》なしの親父《おやじ》といっしょだ！　だれの許《ゆる》しをもらって遊びに出かけた？　仕事を放りだしやがって！」

「ぼくの父さんは、おまえなんかよりずっと素晴《すば》らしい人間だよ！」

痛《いた》みに涙《なみだ》を浮《う》かべながら、はげしくあえいだ。腕《うで》がもげそうだった。耳の奥《おく》で血がドクドク音をたてる。ロキがむきになって吠《ほ》える声がきこえる。ヒルデも叫《さけ》んでいる。

「やめてちょうだい！」

小さなシグリドも、姉に負けない大きな声で叫《さけ》ぶ。

「あのおじちゃん、いじわる！　だいっきらい！」

「ヒルデ！」

息を切らしながらペールが叫《さけ》んだ。あまりの恥《は》ずかしさに目の前がかすんで見える。バルドルはいまやペールの体をふたつ折りにして、ドスンドスンなぐりつけている。ヒルデに見られてる！　そう思うとたまらなかった。

「ヒルデ、頼《たの》むから、子どもたちをどこかにやってくれ！」

「こういうやつには、とことん罰《ばつ》をくれてやる！」

バルドルが顔の間近《まぢか》で金切《かなき》り声《ごえ》をあげた。その熱くて臭《くさ》い息に、ペールはは き気がこみあげてきた。

「さあ、お仕置《しお》きだ――おまえの犬はグレンデルに食わせてやる――餌代《えさだい》が節約できてちょうどいい」

騒々《そうぞう》しい物音に、いったい何事かとグリムが出てきた。ちょっとの間ようすを見ていたかと思うと、いきなりどなった。

「放してやれ、バルドル！　おい、やめろ！」

バルドルはびっくりしてだまり、兄のほうをまじまじと見た。グリムは何もいわずに、ヒルデのほうをあごでさした。ヒルデはニシンの袋《ふくろ》を端《はし》によせて、泣きさけぶ双子《ふたご》をあわててポニーの背《せ》に乗せている。グリムはそれを見ると、また背《せ》をむけて歩みさっていった。

「ほほう」

バルドルがいって、大きく息をした。ペールはいきなり手を放されて、地面に倒《たお》れた。

バルドルの豚《ぶた》のような小さな目が、計算高くきらりと光った。あごひげをひっかいている。

「話は変わるが」

息を切らしながら、しわがれ声でいう。

「男の子には、同じ年頃《としごろ》の友だちが必要だ」

そういって、いかにも寛大《かんだい》な調子で、くっくっと笑った。

「だからサボって遊びに行ったんだな？　そういう肝《きも》っ玉《たま》のすわったやつはおれも大好きだ。昔の自分を見ているようでな」

「こわがらなくてもいいよ」

ヒルデにむかって甘《あま》い声を出した。ヒルデはポニーをひきずるようにして橋にむかった。

そのあとをバルドルがついていく。

「甥《おい》っ子《こ》はおれにとっちゃ、目に入れても痛《いた》くないほど、かわいいもんなんだ。おれだって、昔はよく仕事をサボって親父《おやじ》になぐられたもんさ。『男の子は、一日三回なぐりつけるもんだ』っていうのが親父《おやじ》の口癖《くちぐせ》でね。どうしてだと思う？」

「知らないわ」

ヒルデは双子《ふたご》たちをなだめ、すべりおちてくる袋《ふくろ》を手でおさえた。

「一回目は過去《かこ》の悪さが見つかったとき、二回目は目の前で悪さをしているとき、三回目は陰《かげ》で悪さをたくらんでるのがわかったときだ！」

太い指を三本出して見せながら説明すると、つばを飛ばして笑いころげた。

「これで三回だ！　親父《おやじ》のやつ、まったく頭がいい」

「すごくゆかいな話ね」

ヒルデがいった。

「それじゃあ、さよなら！」

ペールにむかってそっけなくいった。

「男の子ってのは、いつの時代も変わらないもんだ」

バルドルは言葉を続けながら、小屋の端《はし》をまわってヒルデのあとをついていった。

「ちょっと待ちな！　おやつでも食べてかないか？　バターミルクもあることだし」

シグルドとシグリドは目を大きく開いてバルドルを見ると、悲鳴をあげた。バルドルは足をとめて、ヒルデがポニーをせきたてて橋を渡《わた》らせるのを見守った。ポニーはそこからのぼり坂をあがって、森のなかに入っていく。

「またうちの甥《おい》っ子《こ》と遊んでやってくれ！」

バルドルが大きな声で呼《よ》びかけた。

「チビっ子たちも連れてくるといい。遠慮《えんりょ》はいらんぞ！」

シグルドとシグリドはまだめそめそ泣いていた。ヒルデたちが森のなかに完全に姿《すがた》を消してしまってからも、バルドルはしばらくつったって見ていた。それからようやくきびすを返すと、ずかずか歩いて中庭にもどってきた。ペールは壁《かべ》によりかかって、ふるえながら立ちあがり、近づいてくる叔父《おじ》を待った。バルドルはそばまで来ると地面にしゃがみこみ、毛深い顔をペールの顔に近づけた。

「おれは見てのとおり公平な男だ」

虫歯もあらわに、いやらしそうにニタニタする。

「おまえにだって、多少の楽しみは必要だ。いつでも好きなときに友だちを連れてくるといい。ちゃんと相手にそういってやれ。いつでもいいってな！　水車がどうやって動くのか教えてやれば、きっと喜ぶぞ！」

「わかったよ、叔父《おじ》さん」

ペールはうつろな表情《ひょうじょう》でそういいながら、絶対《ぜったい》にそんなことはしないと、心のなかで誓《ちか》った。バルドルはもうしばらくペールの顔をにらみ、何かいおうと口を開きかけたが、思いなおしてやめた。いきなり体のむきを変え、ロキを蹴《け》ろうとしたのだが、ロキはとっさに飛びあがって器用《きよう》によけた。

収穫《しゅうかく》のときがやってきた。一週間かそこらの間、みんなが小さな畑に出てきて、大鎌《おおがま》や小鎌《こがま》をふるって、干《ほ》し草《くさ》を積みあげ、大麦を束《たば》にして結んでいった。麦の脱穀《だっこく》もし、もみ殻《がら》やごみを吹《ふ》きとばした。バルドルは憤慨《ふんがい》し、がっかりしていた。水車小屋は少しもいそがしくならなかったからだ。ほとんどの人は、大麦を麻袋《あさぶくろ》のなかに入れて家で保管《ほかん》し、一日に必要な分だけ、そのつど家の石臼《いしうす》でひいていた。

グリムはバルドルからペールを借り、収穫《しゅうかく》のほとんどをやらせた。グリムがサンザシの木陰《こかげ》であおむけに横たわり、いびきをかいている間、ペールは太陽の下で身を粉《こ》にして働いた。汗《あせ》びっしょりの顔を腕《うで》でぬぐいながら、畑のむこうで誘《さそ》うような音をたてて流れる小川に、飛びこみたくてしょうがなかった。しかし叔父《おじ》が半分だけ目を開けてこっちを見張《みは》っているのがわかっていたので、腰《こし》をかがめてひたすら働いた。

その夜、ヒルデからもらった古いマントに体をくるんで藁《わら》の上で横になりながら、ペールは今後のことを考えた。これからはつらい仕事にもたえられる。なぜなら、いまは楽しみにすることがあったからだ。冬至《とうじ》になったら、いやもし、ラルフ・エイリクソンの帰りが早かったら、それより前に、ロキといっしょに谷の上へ逃《に》げる——そこにはもう叔父《おじ》たちも、グラニー・グリーンティースも、グレンデルもいない。ヒルデの父さんがぼくらを守ってくれる。そしていっしょに暮《く》らさせてくれるのではないかと、ペールはひそかに期待していた。農場にはどうしたって男手《おとこで》が必要だ。ぼくはそんなに食べないし、ロキを訓練《くんれん》してヒツジ番をさせることだってできる。それに、叔父《おじ》たちにしたって、ひとたび計画がふいになれば、わざわざぼくをとりもどそうとなんかしなくなるだろう。

とにかく、水車小屋にいては、ひとときも気が休まらなかった。ヒルデがいったように、気味《きみ》が悪い。ある夜、ひとりでいたとき、水車小屋の扉《とびら》をコツコツたたく音がした。それほど大きな音じゃない。ペールは扉《とびら》を開けようとしたが、ロキがふるえ、歯をむきだして猛烈《もうれつ》にうなっているのに気づいた。

「どうしたんだい、ロキ？」

何だか気になってきいてみた。ロキは体をこわばらせて、扉《とびら》からあとずさりした。毛を逆《さか》だてている。

ペールは思いだした。じっと立ったまま扉《とびら》のむこうに耳をすましてみる。足音はきこえない。しかしそれとは別の、小さな音がする。ポタッ、ポタッと水がたれる音だ。

肌《はだ》にちくちくっと痛《いた》みが走った。グラニー・グリーンティースの言葉がよみがえる――

ときどき、水車小屋の扉《とびら》をノックすることがあるんだよ。あのふたりはすごくこわがってね！

ペールは扉《とびら》からこっそり離《はな》れて、叔父《おじ》たちがもどってくるまで、扉《とびら》からいちばん遠く離《はな》れた部屋のすみで、ロキをぎゅっと抱《だ》きしめてすわっていた。あとで扉《とびら》の前のあがり口をたしかめてみると、黒く濡《ぬ》れたところがあった。雨が降《ふ》ったあとはない。

叔父《おじ》たちは何も気づいていなかった。自分の目に見えないことは、気にしないのだ。ニースのために食べ物を出しておくものの、そのことについて何かいってるのをきいたことはないし、おそらくニースの姿《すがた》を見たこともないのだろう。

ペールはマントを頭までかぶって眠《ねむ》ったが、夢《ゆめ》のなかに暗い水が入りこんできて、貯水池《ちょすいち》の真《ま》ん中《なか》を泳いでいるのだと思いこんでいた。岸にたどりつこうと懸命《けんめい》に泳ぐのだが、どうしても手がとどかない。下からグラニー・グリーンティースが水のなかをあがってくる。グラニーは長い骨《ほね》ばった腕《うで》をペールの首にまわし、キスをしようとひきよせる。

「いい子だね」

甘《あま》い声でいう。

「あたしのところへおいでよ。ほかにはだれも頼《たよ》れるものはいないんだからさ！」

「いやだ、いやだ！」

ペールが叫《さけ》ぶ。逃《に》げようともがくものの、グラニーの強い腕《うで》の力にひきずられて、どこまでも深く沈《しず》んでいく。

汗《あせ》びっしょりになって、ふるえながら目を覚《さ》ました。マントに全身くるまっていた。納《な》屋《や》のなかは完全な闇《やみ》。月が出ていないのだ。ロキが冷たい鼻を手のひらに押《お》しつけている。ネズミみたいなものが一匹《ぴき》、足の上を駆《か》けていった。頭上であわてふためいて歩く音がした。ニースだ。ペールは立ちあがった。外へ用をたしに行かないと。

外は雨がしとしと降《ふ》っていた。刈《か》りとったばかりの干《ほ》し草《くさ》の甘《あま》いにおいが、湿《しめ》った畑からふわっと漂《ただよ》ってくる。これではグラニー・グリーンティースが茂《しげ》みのなかを歩いていても、まったくわからない。雨音は、トロールが千本の足で足踏《あしぶ》みをしているように、あらゆる方向からきこえてくる。それがどんどん強く耳にひびいてきて、まるでいますぐ外に出てこいといわれているような気がした。一枚《まい》しかないマントを濡《ぬ》らすわけにはいかない。納《な》屋《や》の横手を手さぐりしながら歩いていき、屋外にある便所《べんじょ》にむかった。それは壁《かべ》を背《せ》にしてたつ小さな石作りの小屋になっていた。ペールは古びた扉《とびら》をきしませて開けると、なかにすべりこんだ。

なかは暖《あたた》かくて、臭《くさ》かった。グリムソンの先祖《せんぞ》のだれかがずっと昔にたてたもので、深い溝《みぞ》をひとつ掘《ほ》った上に、木のベンチがあって三人すわれるように、穴《あな》が三つあった。はしたないけれど、ペールはバルドルとグリムが足首までズボンをおろして、並《なら》んで腰《こし》かけているようすを想像《そうぞう》してしまった。しかしここなら雨に濡《ぬ》れずに用がたせるので良かった。

真《ま》っ暗《くら》でほとんど何も見えない。そのほうがかえってありがたかった。ところが、変《へん》な想像《そうぞう》をしたせいだろうか。ペールのすわったすぐ横、左の穴《あな》の上に黒い影《かげ》がぼんやりあって、それがしゃがんでいる人の姿《すがた》に見えるのだ。おそらく壁《かべ》のしみにちがいないと思い、もっと目をこらしてみた。たしかに人であるはずがなかった。こんなに背《せ》が小さくて、でこぼこの頭をしている人間などいるわけがない。片方《かたほう》の耳が、もう一方《いっぽう》の耳と比《くら》べてずっとばかでかい。こんな人間が――。

今度は右側の穴《あな》の上にすわっているように見える影《かげ》がそっとせきをした。ペールは恐怖《きょうふ》に髪《かみ》の毛《け》が逆《さか》だち、扉《とびら》をひきちぎるように開けて、中庭に飛びだした。走りながら、ズボンをひっぱりあげた。最後に見た、あのいやなものは何だ。はっきり見えたとはいえないが、駆《か》けだしたときに、真《ま》ん中《なか》の穴《あな》からも変《へん》な形の頭がぬっと飛びだしてきたのだ。

ペールは、納屋《なや》の裏手《うらて》に素早《すばや》く隠《かく》れた。濡《ぬ》れたイラクサの間にしばらくいてから、ロキのところへもどった。ショックで頭がもうろうとしている。

そこへニースの声がまたきこえてきたのでほっとした。ペールはふるえる声でニースに呼《よ》びかけ、いましがた自分が見たものは何なのかきいた。

「みんな、ラバーだよ」

ニースはばかにするように鼻を鳴らした。

「ラバー？」

ペールはせき払《ばら》いをした。

「ラバーって何？　ぼくはまたてっきりトロールかと思ったよ」

ニースはおりてきて話してくれようとはしなかった。どうやらきらわれてしまったらしい。クモをつかまえるのに夢中《むちゅう》のようなので、ペールはまた横になった。すると頭上からニースの声がした。

「バターをやるよ！　みんなそうやってあわれなニースに約束する。けど約束ってのは、口のなかであっという間《ま》に溶《と》けちまう！」

ああ、そうだったのか。

ペールは半身を起こして、片方《かたほう》のひじによりかかった。

「ごめんよ、ニース。友だちにわけてくれるように頼《たの》んでおいたんだけど、まだ持ってこられないんだ。ねえ、ラバーって何？　何かひどいことをするの？」

「ひどいこと？　それはつかまっちまえばの話さ。ラバーはばかだからね。のろまだし」

ニースがいらいらしていった。

「いやしい生き物だよ。やつらが住みついてる場所を見れば、わかるだろ！」

ペールはぞっとした。もうこんなところはいやだ、腹《はら》の底からそう思った。

「このあたりには、ほかにもぞっとする化け物が住んでるのかい？　もちろん叔父《おじ》たちは別にして」

ニースはこたえてくれない。もうそれ以上話をする気はないようだった。ただもうやたら夢中《むちゅう》になって追っかけて、あたふたとあっちへ行ったりこっちへ行ったり。うるさくって眠《ねむ》れやしない。

「何をしてるんだよ？」

「クモを集めてるんだ」

いらいらしてきいた。

すぐ真上《まうえ》でニースがこたえた。

「もう寝《ね》るんだからさ、やめてくれないか？」

「はいはい、わかりましたよ！」

ニースは思いきりへそを曲げた。

「まったくえらいお方《かた》だよ。トロールの姫君《ひめぎみ》の下でなんか働けないし、あわれなニースと口をきくのも汚《けが》らわしいのかい！」

そういって荒《あら》っぽい音をたててどこかへ行ってしまい、とたんに静かになった。

「ニース？」

ペールが呼《よ》んだ。

「ねえ、ニースったら？」

こたえはなかった。

翌日《よくじつ》、なぜか水車小屋にクモが大発生した。大きいのやら小さいのやら、中くらいのやら、さまざまなクモが床《ゆか》をかさこそとはいまわった。壁《かべ》や床《ゆか》の割《わ》れ目《め》や裂《さ》け目《め》から、いっせいに出てきたクモたちが、そこらじゅうのすみに巣《す》を張《は》りだした。バルドルがペールに何とかしろと命じ、結局ペールはその日一日、クモ退治《たいじ》に汗《あせ》を流すことになった。

作者……………

キャサリン・ラングリッシュ

イギリスのヨークシャー渓谷で育ち、幼いころから本を出すことを夢見ていたが、このデビュー作で爆発的な人気を呼ぶ。ロンドン大学で英語学の学位を取得したのち、さまざまな仕事を経験するが、ロンドンにあるロイズ船級協会（一七六〇年設立の英国の公益法人）で魔法の目を持つという男性と知り合う。

結婚してふたりの娘に恵まれたあと、フランスに移住。フォンテンブローの森のはずれに暮らし、フォンテンブロー図書館で子どもたちのためのお話の会を主催する。四年後、家族とともにニューヨークに引越し、アメリカインディアン部族主神の手形伝説があるフィンガーレークスのそばで暮らす。その頃から飼っている茶色いぶちのあるダルメシアン犬が、本作のモデル。

現在はオックスフォードシャー在住。

訳者……………

金原瑞人（かねはら・みずひと）

一九五四年岡山県生まれ。法政大学教授・翻訳家。『マインド・スパイラル』『盗神伝』『ヒーラーズ・キープ』シリーズ、「臆病者と呼ばれても―良心的兵役拒否者たちの戦い」（以上あかね書房）、『バーティミアス』シリーズ（理論社）、「チョコレート・アンダーグラウンド」（求龍堂）、「ひかりのあめ」（主婦の友社）、など訳書多数。最近では「大人になれないまま成熟するために 前略。「ぼく」としか言えないオジさんたちへ」（洋泉社）と、著書も上梓。

杉田七重（すぎた・ななえ）

東京生まれ。東京学芸大学教育学部国語科卒業。訳書に「もしも、あなたの言葉が世界を動かすとしたら」「あなたは、あなたであるから素晴らしい」（以上ＰＨＰ研究所）、「サハラに舞う羽根」（金原瑞人共訳／角川書店）、「愛と成功の確率」（田中亜希子共訳／集英社）、「石を積む人」（求龍堂）、「恋人はマフィア」（集英社）などがある。

トロール・フェル 上
金のゴブレットのゆくえ

発行 2005年2月初版発行
2005年4月第 2 刷
作者 キャサリン・ラングリッシュ
訳者 金原瑞人　杉田七重
発行者 岡本雅晴
発行所 株式会社あかね書房
〒101-0065　東京都千代田区西神田3-2-1
TEL03-3263-0641（代）
印刷所 錦明印刷株式会社
製本所 株式会社難波製本

落丁本・乱丁本はおとりかえします。
定価はカバーに表示してあります。
NDC 933 242P 21cm
ISBN4-251-06581-6